まじょの　ゆびわ

なかむら　ふう　作
しのざき　みつお　絵

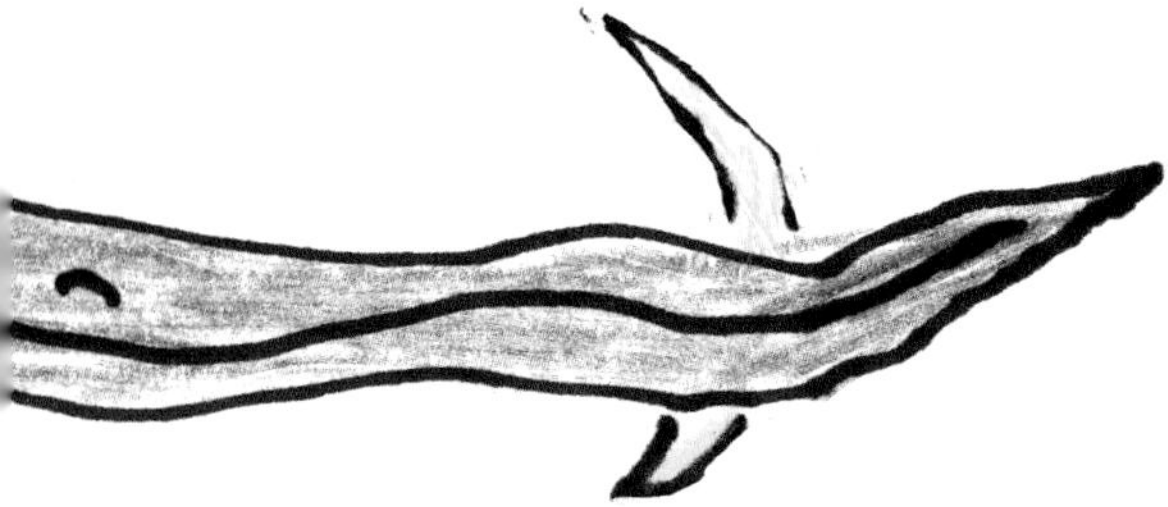

もくじ

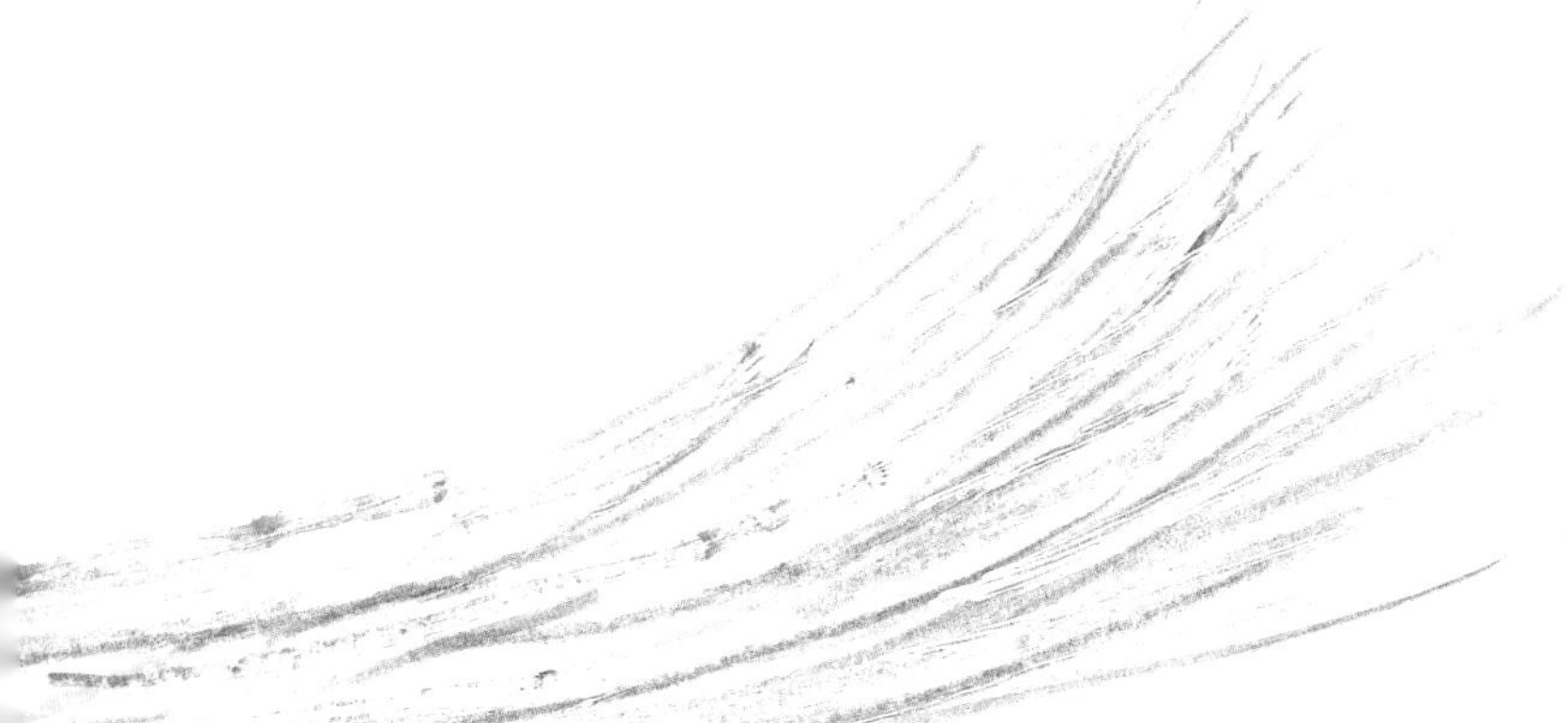

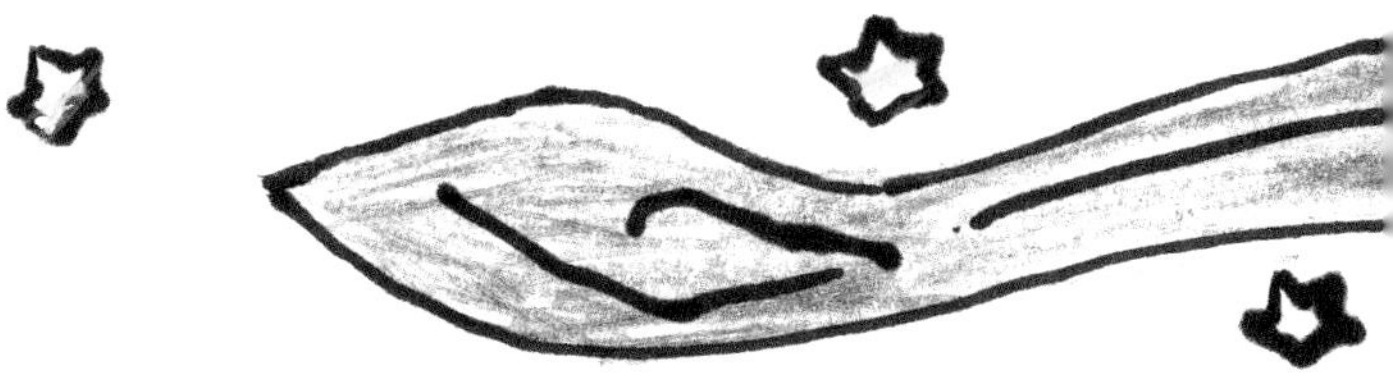

1　ぼんじょの　ぼたん

花咲村のある所に、今年も　ぼたんの花がいっぱい咲いているのを　知っていますか？〃ぼんじょ〃は、知っています。なぜって自分が咲かせたんですから。

ぼんじょ？　あ、そう　そう。わかりませんよね。じつは　わたし、ぼたんの花を咲かせる魔女なんです。

名前も、〃ぼたん野魔女子〃。でも　長くてくたびれちゃうので、(ぼ)た(ん)野魔(女)子。○印のところだけを　いうことにしたの。

ぼんじょが咲かせるぼたんの花は、なにしろ　花の色がすごい。

おひさま色
夕やけ色
月色
四季それぞれの山の色
空色

湖色
にじ色

そして、**雨の色**など　など。なんてったって　おひさま色の花なんか　ピカ　ピカと輝いているんですから。

色ばかりではない。どれも　ふんわりとした大きな花ばかり。

ぼんじょは、今年も、思いどおりの花をいっぱい咲かせることに大成功！

だから、村の人たちは、

「あっ！」

と、おどろいて、よっく見てくれるんです。

「さくらもいいけど、花はやっぱり　ぼたんだねえ」

「ここの　ぼたんの花を見ていると、畑仕事の疲れも　ふっとんじゃうよ」

こういわれたら、ぼんじょはうれしくてつい　つい　はりきっちゃう。

ふだんは、すがたを消しているんだけれども　村の人たちが花を見にくるたびに、

（どうぞ、ごゆっくり……）

なんて、声とすがたを出しそうになり、あわてて　口をおさえたりしています。

ところが、こどもたちはだめね。花など見むきもしない。

この前も、ぼんじょのそばを　男の子がふたり通ったので　わざと　花をゆらせて見せたのに、

「ゆうべ、テレビの『パピちゃん　プペちゃん』おもしろかったな」

「見なかったよ。ゲームをやっていたから」

なんてしゃべりながら、行っちゃいましたよ。

「この　ちびっこどもめ。この花が見えんのか！」

これは、思わず声に出しちゃったのに　それも聞こえてないみたい。

なぜ、そんなに　こどもたちにも　花を見てほしいか？　ですって。

だって、ぼんじょは　ぼたんの花を　咲かせるために　この世にいるの。

それに、おひさま色や　湖色のぼたんの花なんて　どこでも見られると思ったら、おおまちがい。

おそらく、世界中で、ここのぼたんのような花を咲かせられるのは、ぼんじょだけ……。

なんちゃって。

ぼんじょは、これらの花の色を思いつくのに　けっこう苦労したんですよ。

昔、ずいぶんおお昔。「花の魔女学校」に行っていた頃から、こんな色の花を咲かせたいと　ずっと思っていたんです。

「花の魔女学校」

ああ、なつかしい。なつかしい。

でも、それは　それは　きびしかったっけ。

なにしろ、１００種類の花の咲かせかたを覚えなければ卒業できない。

卒業してから咲かせる花は、たったひとつの花なのにね。

しかも、ひとつの花に7つの数字のじゅもんをとなえなければならないので、数字が大のにがてなぼんじょのこと、その苦労がわかるでしょ。

でも、ぼんじょは　がんばりましたよ。卒

業のしるしは、この　ぼたんの花のゆびわ。
つまり、花のゆびわが　卒業証書の代わりなの。
ああ、ぼたんの花は、いつ見ても　うっとりしちゃう。
なぜって、ぼんじょは　ぼたんの花がだいすきだから、ぼたんの花のゆびわを選んで　ぼたんの花を咲かせる魔女になったというわけ。

ちょっと教えちゃうけど、このゆびわをこう回して　7つの数字のじゅもんをとなえながら、

（どうか、◯◯色の花が咲きますように）と、心から願うの。

7つの数字？　それは　ひ・み・つ。

それに、ゆびわの回しかたにも　ちょっとしたコツがあるのよね。

あ、そう　そう。さらに、

（ふんわりとした大きな花に　なりますように）も、わすれずに　つけ加えて。

ぼんじょは、こうして　毎年　花咲村のぼたんの花を咲かせるのに成功している。

何年前から？

そんなこと、まるで　おぼえてなんかいませんよ。

さて、咲かせた花をちらすのも　花の魔女の大事なお仕事。

花の季節が終わると、ゆびわに心からお礼をいって　7つの数字のじゅもんをとなえます。

（いいお仕事を　させていただきました。みんなが　喜んでくれました。ありがとうございました）

　さらに、

（らい年も、みごとな花になるよう　努力することをちかいます）

　毎年、これさえ　きちんと　やっていればあとは　ぼんじょの思いのまま。どんなゆめだってかなっちゃう。

　ある年なんか、船に乗って7つの海を渡って旅してきましたよ。へ・へ・へ……。

（あっ、きた　きた。村の人たちが　またぼたんの花を見にきてくれた）

　自分が咲かせた花に、うっとりしていたぼんじょは　村の人たちに、もっと　もっと喜んでもらおうと　花にいちだんと　はく力をかけた。

　さすが、花たちは　さっきより　シャンとすましたり　わらったりして輝いてくれた。

「わっ！　みごと」

「さすが　ちがう」

と、村の人たち。

（どうぞ、ごゆっくり）

　ぼんじょは、ごくらく　ごくらく。

2　ある年のこと

　ところが、ある年のこと。ぼんじょが咲かせた花を見て　村の人たちが　さわいでいる。

「おっかしい？　今年のぼたんは　いったい
　どうなっているんだ」

「いつまで咲いているつもりなんだ」

「学校が夏休みになるというのに」

（ひえーっ！　そんな季節になっていたとは……）

　毎日、自分が咲かせたぼたんの花に　みと

れて　うっとりしていたぼんじょは、花をちらすのを　わすれていたのだ。

　ぼんじょは、ショックで　あたまが　クラクラ。

　あわてて、ゆびわを回して　７つの数字のじゅもんをとなえようとしたけれど、じゅもんの数字が思い出せない。

（１・４・９……）いや、ちがう。

（１・６・５……）いや、ちがう。

ひとばんじゅう、数字を思い出そうと心から願って、ゆびわを回しつづけた。

（１・０・７……）いや、ちがう。

　思い出せるのは、「花の魔女学校」の校長先生に、毎日　ひとりずつ　いわされた　あのことば。

　このセリフだけが、なんどでも　あとからあとから　スラ　スラ　スラ……。

（１・２・３……）いや、ちがう。

　自信があるのは、最初の「１」だけとはどうした　ぼんじょ。

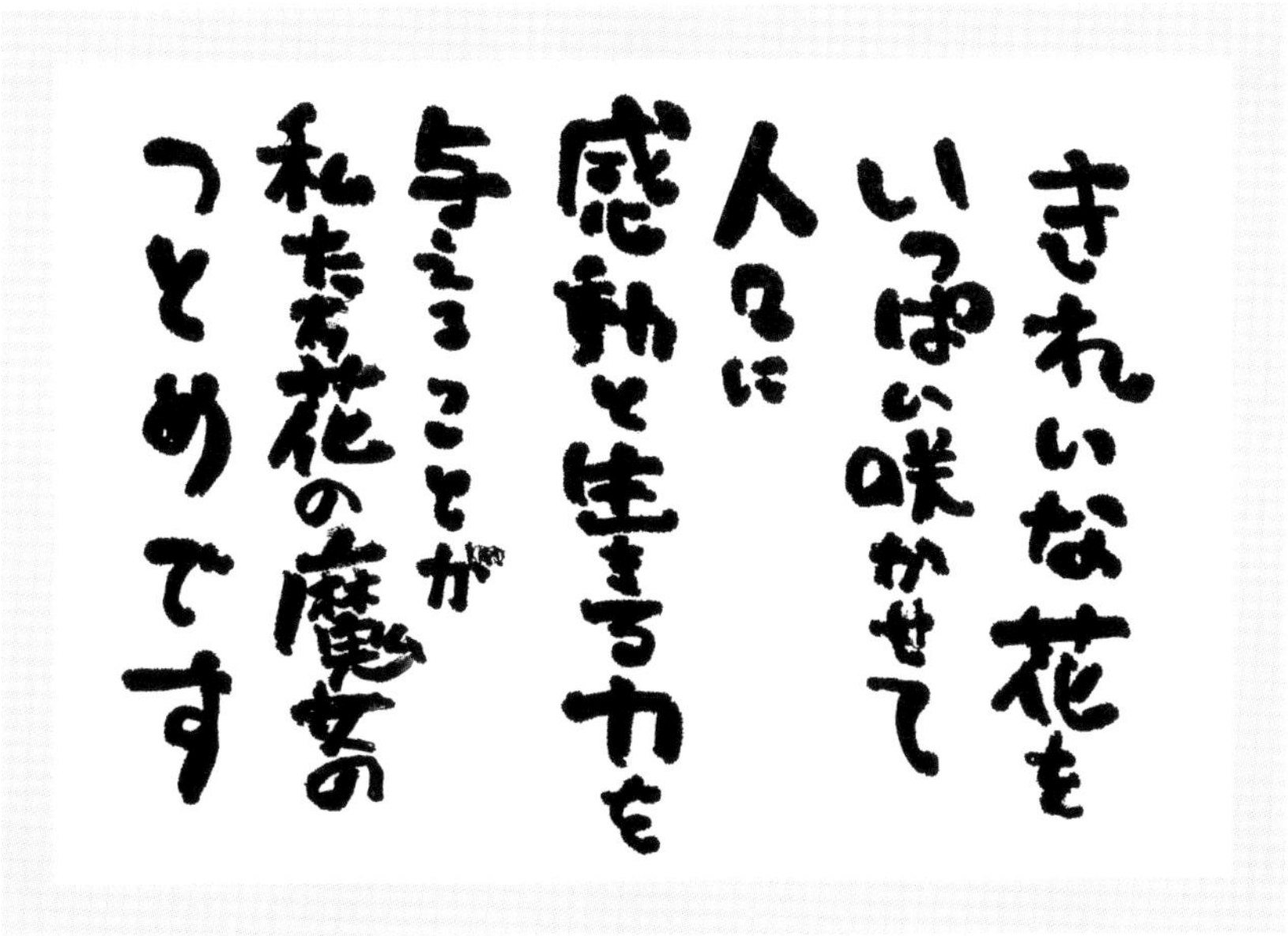

きれいな花を
いっぱい咲かせて
人々に
感動と生きる力を
与えることが
私たち花の魔女の
つとめです

それに、ゆびわも　ぼんじょが大事なお仕事を　きちんとやらなかったので、いうことを聞いてくれない。

　やがて、どこからか、

「朝だよぉぉぉぉー」

と、ニワトリの声。

(と・ほ・ほ・ほ・ほ)

　見れば、ぼたんの花は　ぼんじょとは反対に、朝日に　ピカ　ピカと輝いているではありませんか。

(とほ・年のせいじゃ……)

と、いったところで　ぼんじょは　今、自分が　なんさいなのかも知らない。

　しばらくして、また　村の人たちがやってきて、首をかしげ　うでを組んでしゃべっている。

「やっぱり、なんか　へん」

「村に、悪いことでも起こらなければいいけれど」

(そんなことは　ありません。そのうちに7つの数字ぐらい思い出しますので、どうぞご安心を)

　ぼんじょは、まだ　まだ平気。これぐらいのことには「へこたれませんよ」と、自分にいい聞かせた。

　おや、こんどは　もっと　おおぜいやってきたぞ。

「ふん　ふん。どれ　どれ」

どうやら、村長さんを　引っぱってきたらしい。

　ぼんじょは、今　すがたを消していることをたしかめ、じっと　ようすをうかがった。

「ふん　ふん。あいかわらず　みごとじゃ。やっぱり、この村のぼたんの花は日本一じゃ。最近は、季節に関係なしに　花を咲かせるのがはやりとか」

(イエーイ！　さすが　村長さん)

　ぼんじょは、村長さんの　うれしいおことばに、心の中で　涙が　ポタ　ポタ。

「ふん　ふん。わしは　むしろ　村起こしになると思うがねえ」

「村長さん、そんな　のん気なことを　いっている場合じゃないですよ」

「季節に関係ない花は、作りもんの花ですよ」

「そうだ」

「そうだ」

「それに、へんなもんを見た人が……」

「ふん　ふん」

「へんなもんが、花の上を　とび回っていたそうですよ」

「まるで、大きな黒いアゲハチョウのようだったそうだ」

　ぼんじょの首が、カクン！

（ひえーっ！　すがたを見られたとは。たしかに　ぼんじょの服は、ブカ　ブカで　むらさき色。黒くも見える）

「それが、ブツ　ブツと　へんな声を出していたそうだ」

（ひえーっ！　声まで聞かれたとは）

「きっと、ばけもんですよ。村長さん」

（ばけもん！）

　ぼんじょは、空までとび上がりそう。

「もし、村のこどもたちが　その　ばけもんに　さらわれでもしたら」

「どうしてくれる、村長さん」

「ふん　ふん。まあ　まあ」

「こんな気持ちのわるいぼたんの花は、今すぐに切ってしまえ！」

「そうだ！」

「そうだ！」

「それがいい！」

　村の人たちが、村長さんに　せめよった。

「ふん　ふん。まあ　まあ。ここの　ぼたんの花を見ていると、ふしぎな元気がわいてくる。ぼたんの花さん　ありがとうよ」

（おお！　村長さん。ありがたいおことば）

　ぼんじょは、こんどは　心の中で滝の涙。

村の人たちは、ガヤ　ガヤと帰って行った。

　地面にはいつくばって、村の人たちの話を聞いていたぼんじょは、腰をのばして　花たちを見回した。
　おひさま色
　夕やけ色
　月色
　四季それぞれの山の色
　空色
　湖色
　にじ色
　そして、**雨の色**など　など。
　ぼんじょの他に、誰が咲かせられるというの。なにしろ「花の魔女学校」で　きたえられた花の魔女。
（ばかにしないでよ！）
　とは、いうものの、花をちらすのを　わすれたショックで　じゅもんの数字が思い出せない。

なさけないったらありゃしない。
　ぼんじょは、あせった。
（1・5・8……）
（1・2・3……）
　ぼんじょは、あせるばかり……。

3　ゆびわの　とりかえっこ

そこに、ひょっこりやってきたのは、〝つばちゃん〟。

〝つばちゃん〟？　わかりませんよね。じつは、ぼんじょの友だち。「花の魔女学校」の同級生で親友なの。

名前は、〝つばき野魔女子〟。これも、長くて　くたびれちゃうので、〝つばちゃん〟と呼んでいるの。

つばちゃんは、つばきの花が　だいすきだから　つばきの花を咲かせる魔女に　なったというわけ。

「あんれー！　どうした　どうした？　いつまでも　ぼたんの花ざかりでさあ」

つばちゃんに、いきなり　いわれて　ぼんじょは　つい　つい、

「せっかく咲かせた花なので、ちらすのがもったいなくてねぇー」

なんて、思ってもいないことを　いったりしちゃいましたよ。

「なるほど。ぼんじょらしいね」

つばちゃんは、まるで気にしていない。

「ところで、ぼんじょ　のどがかわいたよ。りんごジュースをたのむね」

ぼんじょは、ドキッ！

「おなかも　すいた。サンドイッチもね。ハムとたまごがいいな」

「そ、そうだよね。あついもんね。ちょっと　まっていておくれ」

ぼんじょは、今　ぼたんの花のゆびわのじゅもんの数字が思い出せていない。

でも、つばちゃんの　注文どおりにしてあげたい。

（きっと、ゆびわが　なんとかしてくれるにちがいない）

こう　きめちゃうところが、ぼんじょのいいところ。いや、わるいところかな。

ぼんじょは、魔女のキッチンに立った。

見えないでしょうが、なかなかのキッチンなんですよ。

（どうか、りんごジュースと　ハムとたまごのサンドイッチをお願いします）

ぼんじょは、心から　ぼたんの花のゆびわにたのんだ。

ところが、あらわれたのは、

りんごの木
ぶた
にわとり

「と・ほ・ほ・ほ……」

ゆびわも、なんとか　がんばってくれたのだが　じゅもんの数字がないので、出てきてくれたのは材料の**もと**だ。

いつもなら、これぐらい　おちゃのこサイサイなのにね。

そこで、ぼんじょは　きめました。なにもかも　つばちゃんに正直に話すことに。

「ねえ、つばちゃん、つばちゃん」

「どうした？　ぼんじょらしくないね」

「じつは……」

「じつは？」

「ぼたんの花のじゅもんの数字が　思い出せなくてねえ……」

「なあーんだ。そんなこと　カンタン　カンタン」

「ええっ！　つばちゃんは　わたしのじゅもんの数字もおぼえているの？」

「もっちろん。ぼんじょのぼたんの花のじゅもんの数字は、1・9・4・0……」

「ちょ　ちょっとまって。そんなに大きな声でいわないでよ」

「うん、わかった」

つばちゃんは、ぼんじょの耳もとで　あとの3つの数字を　**スラ　スラ　スラ**。

「さすが　つばちゃん」

「それぐらいで　おどろくな。だって　100種類の花のじゅもんの数字だって　全部おぼえているもん」

「ひえーっ！　すごすぎる」

「バラ・スイートピー・さくら・スミレ・タンポポ・すいせん、どれにする？　すぐにいってみせるから」

「わ、わかった。もう　いいよ。そんなわけで　ぼたんの花も　ちらせなかったというわけ。と・ほ・ほ」

「そうだったのか。ます　ます　ぼんじょらしいよ」

　つばちゃんは、ほんとうに　いいところにきてくれた。やっぱり　もつべきは友だち。

「それより、ぼんじょ　早く　ぼたんの花をちらさなくちゃ」

「あっ、そう　そう」

　ぼんじょは、今　つばちゃんから教えてもらったばかりの　数字のじゅもんを　となえながら、ゆびわを回して　心から　お礼とおわびをした。

（ぼたんの花を、村のみんなが喜んでくれました。けれども　あとがいけませんでした。村の人たちに　ご心配をおかけしましたことを深く反省しています）

　すると、どうでしょう。どの花も　たちまち　花びらをいっしゅんまい上がらせて、みごとにちりはじめたではありませんか。

ぴら　ぴら　ぴら
あら　あら　あら
しら　しら　しら
はら　はら　はら
ひら　ひら　ひら
ふら　ふら　ふら
さら　さら　さら
ほら　ほら　ほら

　はっぱと枝をのこして、いちめんに花びらのジュータンがひろがった。

　ぼんじょは、心から　ゆびわにお礼と　ちかいをした。

（らい年も、みごとな花になるよう　努力することをちかいます。そして　季節を守って

二度と　花を咲きっぱなしにするようなこと
は　いたしません）

さて、ぼんじょは　つばちゃんのおかげで
今年の大仕事が終わった。
つばちゃんは、もちろん　つばきの花をみ
ごとに咲かせて、季節どおりに　みごとにち
らせ　きちんとお仕事をしてきた。
そこで、ふたりとも　なにもかも　のぞみ
どおりというわけだ。
「あ、そう　そう」
ぼんじょが、あわてて　キッチンに行こう
とすると、
「いいから、まかして」
と、つばちゃん。
あっというまに、つばきの花の数字のじゅ
もん。あっというまに、ゆびわを回して、
あっというまに　りんごジュース。
つづいて、ハムとたまごのサンドイッチ。
「ぼんじょは、なににする？」

「そうね。ぶどうジュースと　くりのケーキ」
あっというまに、ぶどうジュース。
つづいて、くりのケーキ。
お互いが、自分の服の色と同じ色のグラス
を持った。
つばちゃんは、赤い服だから赤いグラス、
ぼんじょは、むらさきの服だから　むらさき
のグラスを持って、
「カンパーイ！」
「カンパーイ！」
ぼたんの花びらのジュータンの上で、ふた
りは　ごくらく　ごくらく。
「さあ、きょうは　おいしいものを　いっぱ
い食べよう」
つばちゃんが、あとから　あとからだして
くる――。

花びらチップ
すいかたねチョコ
かたつむりからあげ
かぼちゃランタンクッキー

ゆきだるまアイスクリーム

ぼんじょも　まけずに、あとから　あとから――。

ぼたんもち
まるごとうなぎせんべい
くものすそうめん
もみじはっぱラスク

つららアイス
「もう、いいよ」

「食べきれないね」

ごちそうと、おしゃべりが　いつまでもつづく。

「へ・へ・へ」

「ほ・ほ・ほ」

そこで、ぼんじょは　つばちゃんに　いわれてしまった。

「ぼんじょは、『花の魔女学校』の時から数字でくろうしていたねぇ」

ぼんじょは、カクン。

「うん。でも、つばちゃんは　すごかった。いつも　数字で　校長先生にほめられていたもんね」

と、ぼんじょ。

「まあね。数字は　きらいじゃないから」

つばちゃんは、クッと　あごをもち上げてすましてみせた。

「でもさあー」

「なによお？」

「つばちゃんは、落とし物の有名人だったよ」

つばちゃんも、もち上げたあごを　カクン。

「うん。たしかに　よく　落としたっけ……」

「うん。よく　いっしょに　さがしてやったっけ」

じつは、つばちゃんは　落とし物の有名人。身の回りのありとあらゆる物を　よく落とす。

めがね・イヤリング・ハンカチは毎日のこと。ある時は　はいていたくつを片方落としたというので、

「なんで？」

と、だれもが　首をかしげた。

「へ・へ・へ」

「ほ・ほ・ほ」

おしゃべりが、いつまでもつづく。

とつぜん、つばちゃんが　ぼんじょのぼたんの花のゆびわを　ジッと見た。

「ね、ね。ぼたんの花のゆびわを久しぶりに見たけれど　なか　なか　いいね」

「つばちゃんだって、つばきの花のゆびわなか　なか　いいよ」

おたがいに　ゆびわをはずして　とりかえて　ゆびにはめてみた。

そこで、きょうは　もう　食事もすんだことで　ゆびわに食事をたのむこともない。

「ねえ、ひとばんだけ　このまま　ぼたんのゆびわをして　かえってもいい？」

きゅうに、つばちゃんが　いい出した。

「うん、ひとばんだけならね」

つばちゃんも　ぼんじょも、花の魔女なかまのあいだでは　まじめで美人、といわれているだけあって　なんの心配もいらない。

それに、たった　ひとばんだけのとりかえっこだから。

つばちゃんが、かえるとき、

「ところで　ぼんじょ、あの子たち　なんなの？」

と、キッチンの方を　ゆびさした。

「あら・ら・ら・ら」

　さっき、キッチンに現れた　サンドイッチの材料のもとの　ぶたと　にわとりが　あばれている。

　　ブー　ブー　ブー
　　コッコ　コッコ　コッコ
りんごの木は　青い実をつけて立っている。

　ぼんじょは、あわてて　消そうとしたがゆびわを見ると　つばちゃんのゆびわだ。

「ちょっと　わたしが　やる」

　つばちゃんは、ぼんじょのゆびから　つばきのゆびわを　サッとはずし、サッとじゅもんをとなえ、サッと、ぶたと　にわとりとりんごの木を消した。

「さすが　つばちゃん！」

　ぼんじょのゆびに　つばきのゆびわをもどすのも　あっという間だ。

「じゃあ　あしたね」

　つばちゃんは、赤い服をパタ　パタさせめがねを　ひょいと　もち上げた。

　赤い服がうつってか　顔は　ほんのり　ピンク色。

「つばちゃん、きょうは　ほんとうに　ありがとう。おかげで　助かったよ」

　ぼんじょも、いい気分。ぼんじょは　めがねをかけていないけれど、着ている服が　むらさき色だから　顔が　ほんのり　むらさき色かな。

「ぼんじょ、ぼたんの花のじゅもんの数字をわすれるなよ。へ・へ・へ」

「ほい、そうでした。そうでした。ほ・ほ・ほ」

　つばちゃんは、上きげんで　つばき山に帰ろうとした時、

「あ、そう　そう。帰りの雲を呼ばなくちゃ」

と、また、ぼんじょのゆびから　サッと　自分のゆびわを　自分のゆびにもどして、サッと　じゅもんをとなえて　つばき雲を呼んだ。

　つばき雲は、すぐに飛んできて　つばちゃんは　いそいで　ぼんじょのゆびに　つばきのゆびわをもどした。

そして、つばき雲にとびのって、赤いマントを　ひら　ひらさせて、

「じゃあね」

と、つばき山に帰って行った。

4　ふたりの　男の子

つぎの日。

ぼんじょは、朝から　つばきの花のゆびわを　しみじみとながめながら、つばちゃんを待っていた。

ひとばんだけの　とりかえっこなので、きょうのうちに　かえしにきてくれる。

ところが、ひるになっても　つばちゃんがやってこない。

ぼんじょは、いま　朝ごはんと　ひるごはんぬきだ。

つばちゃんは、夜になっても　やってこない。だから、夜ごはんも　ぬきだ。

（つばちゃん、病気にでも……）

ぼんじょは、とうとう　その夜ねむれなかった。

ちょっぴり　うと　うと……。どこからか、

「朝だよおおおー」

と、ニワトリの声。

（おせっかいな　ニワトリめ）

ぼんじょは、ボォーッとした頭と目で、つばちゃんのつばきの花のゆびわを　ぼんやりながめている。

（あっ！　きた　きた）

カサ　カサ　バタ　バタ　音がしたのだ。

（つ・つばちゃーん）

と、さけぼうとして見ると、男の子が、ふたり立っている。

「とうさんが、『ぼたんの花のばけもんにさらわれないように、気をつけろ』だってさ。そんなの　いないよな」

「うん。いないよ。うちのかあさんも　いっていたけど　うそだよ」

ずっと前に、ぼんじょの目の前を　テレビとゲームの話で　むちゅうになって通っていった　あの　ちびっこどもだ。

（まだ、村の人たちは　そんなことをいっているんだ。もう、ちゃんと　花をちらしたというのに）

すると、ひとりが、

「わあ　すごい！　花がいっぱい　おっこちている」

と、さけんでいる。

（花びらと、いってくれえ……）

「まるで、にじの色みたいだね」

もうひとりも、さけんだ。

（いいぞ　いいぞ）

ぼんじょは　だん　だん　うれしくなってきた。

こどもたちは、さらに　いってくれたのだ。

「おっこちているのも　きれいだけど　咲いている時は　もっと　きれいだったよな」

「うん。すっごく　きれいだったよな」

（ええっ！　このこたちは、ぼたんの花をちゃんと　見ていてくれたんだ）

ぼんじょは、魔女として　これほどの感動をもらえるなんて　思ってもいなかった。

（ごめん。ごめん。気がつかなかったよ。花を見てくれていたとは！）

　ぼんじょは、感動と　反省で　心の中は、滝の涙。

「赤っぽくて、光っている花があったよな」

（それ　それ、おひさま色のぼたん）

「みどり色の花は、かわっていたね」

（それ　それ、五月の山の色のぼたん）

「青くて　すきとおった色の花も　あったよな」

（それ　それ、湖色のぼたん）

　ぼんじょは　うれしくて　涙がポタ　ポタ。

　ここで、じっとしていられないのが　ぼんじょの　いいところ。いや、わるいところかな。

「あんたたちは、いい子じゃあ！」


ギャアー！


　ふたりは、しりもちをついて　動けない。

「わたしが　見えるのかね？」

「み、見える　見える……」

「と、とうさんが　いってた　ば・ばけもんだぁ……」

（これは、まずかった）


た、たすけてぇ！


　ふたりとも、両手で頭をかかえて　ふるえている。

（このままだと　気絶する！）

　ぼんじょは、あせった。

「だいじょうぶ。だいじょうぶ」

　せいいっぱい、やさしい声と　やさしい顔をしてみせた。

「じつはな……」

　ぼんじょは、ここで　あたりを見回して村の人たちがいないことを　たしかめた。

「じつは、わたしはここで　ぼたんの花を咲かせるお仕事をしている者なのじゃ。けっしてわるいことはしないので、安心しておくれ」

　こどもたちは、口をポカンとあけ　目をパ

チクリ。ぼんじょを　とろっと見ている。

「ぼたんの花を見てくれていたんだね。ほんとうに　ありがとう。お礼に　なにか　ごほうびと思っているのじゃ」

「ご・ご・ほ・う・び？」

「な・なにか、くれるの？」

こどもたちが、ゆっくり　体をおこした。

「そう、びっくりさせたおわびにね」

「ふうん」

「ええとね」

少し、元気を　とりもどしてきた。

「ミニカーが、いいかな」

「テレビゲームが、いいかな」

「いかん！　ぼんじょを　ばかにするではない！」

「ぼんじょ？」

いけない。こどもたちが　また　ふるえだした。

「そんな、ちっぽけなものではない。もっともっと　でっかいゆめはないのかね。ちかごろのちびっこは　これだから困る」

こどもたちは、まだ　ふるえながら、

「で、でっかいゆめ？」

「す、すぐには　わかんないよ」

ここで、ぼんじょは　ハッとした。こどもたちは　よくぞいってくれた。今　すぐにでっかいゆめをいわれたら、今　しているゆびわは　つばちゃんの　ゆびわ。あぶないところだった。

「そうかい。そうだよね。おばちゃまは　あした　まっているから　でっかいゆめをかんがえておいで」

（あしたなら、自分のゆびわが　もどっているから　だいじょうぶだ）

「うん。わかった」

「おばちゃん、あした　でっかいゆめをきめてくるからね」

こどもたちが　帰ったあと、ぼんじょは少しもおちつかない。

それに、おなかも　ペコ　ペコだ。

（つばちゃーん。早く　ぼたんの花のゆびわを持ってきておくれ！）

　もし、きょうのうちに　ゆびわがもどらなかったら　こどもたちとのやくそくが　だいなしだ。

　ああ――。それにしても　なんという暑さよ。そこで、ぼんじょは　ひらめいた。

（つばちゃんのゆびわを、ちょっと　ためしてみよっと……）

　つばちゃんは、今年の春　いいお仕事をしているのだから　数字のじゅもんがなくてもきっと、い力をはっきしてくれるにちがいない。

　なに事も、信じるところが　ぼんじょのいいところ。いや、わるいところかな。

　そこで、さっそく　やってみることに。

（つばきの花のゆびわさま、むりなお願いとはぞんじますが　ちょっくら　すずしいと助かるんですがねえ。どうか　どうか……）

　つばきの花のゆびわに、心から　心からお願いをした。

　さて、空が　きゅうにくらくなってきたぞ。とたんに、ぼんじょのまわりを　ぼたん雪がボタタン・ボタタンと　おどりはじめたではありませんか。

（うひゃあ！）

　ここまでは、たのまなかった。〝ちょっくら　すずしく〟とはいいましたが、ま夏にぼたん雪とは！

　たしかに、すずしいのはいいけれど　もし、この季節に　村じゅうにぼたん雪でもふろうものなら　村の人たちを　ますます不安にするばかりだ。

　あぶない　あぶない。

　いや、村起こしに熱心な村長さんが、

「夏ぼたん雪で　村起こしを――」

なんていって　喜んでくれるかな。

　いや、あぶない　あぶない。

　そこで、ぼんじょは　ふたたび　つばきの花のゆびわにお願いをした。

（つばきの花のゆびわさま　おそれいりまし

た。もう　十分でございますので　ぼたん雪をとめてください）

ぴら　ぴら　ぴら

はら　はら　はら

さら　さら　さら

まるで、ぼたんの花びらがちった時のように　ぼたん雪は　ハタリと　とまった。

（ああ、それにしても　いい気分……）

今、ぼんじょは　ぼたん雪の天然クーラーで　すずしい顔よ。

おっと、のん気なことを　いっている場合ではない。

（つばきの花のゆびわさま。どうか　どうかつばちゃんが　ぼんじょのぼたんの花のゆびわを返しにきてくれますように）

ふたりの男の子の顔を、目にうかべながら心から願いつづけて　夜がすぎていく。

5　つばき山に

「朝だよおおおー」

（まったく、おせっかいな　ニワトリめ。もう　朝をつれてきちゃった）

それどころか、こどもたちの声までする。

「きーめた。きめた」

「でっかいゆめ、きーめた」

こどもって、なんでこんなに　朝早くからくるのだ。

（ああ、つばちゃーん、なんとかしてくれえー）

ふたりの男の子は、ぼんじょの　すぐ近くに立っている。

ぼんじょが、思わず、

「おるすですよー」

と　いおうとした時だ。

「おばちゃーん」

「きれいな、ぼたんの花のおばちゃーん」

ぼんじょは、ドキッ！

きれいな、ぼたんの花といわれたら　だまってなんかいられない。

そこで　ぼんじょは、

「クシューン！」

と大きなクシャミを　ひとつ。

「おばちゃーん！」

「でっかいゆめ。でっかいゆめだよー」

「クシューン！」

もういっぺん　大きなクシャミ。

「おばちゃーん、かぜひいちゃったの？」

「だいじょうぶ？」

ぼんじょは、こどもたちのやさしさに　心の中は、滝の涙。

もう、じっとなんかしていられない。

「ほい　ほい。よく　きたね。あんたたちはいい子だ。クシューン」

「だいじょうぶ？」

「だいじょうぶ？」

「ありがとう。おばちゃまは　だいじょうぶなんだけれども、友だちが　ひどいかぜひきらしくてのう。わるいんだけれど、でっかいゆめを聞く前に　ちょっと　お見舞いに行ってくるから」

「ふうーん。いっしょに行ってやろうか？」

「行ってあげるよ。学校が　きょうから　夏休みなんだ」

「と・ほ・ほ・ほ。そうかい　そうかい。せっかくの夏休みなのに　ほんとうに　いいのかい？」

「うん。いいよ」

「だって、あそぶ所がないから、つまんないんだもんな」

「うん。つまんないよな」

と、いうことで、ぼんじょは、ふたりの男の子をつれて、つばちゃんの住むとなりの町まで　出かけることにしたのであります。

こどもたちは、ときどき　走ったり　スキップをしたり。

ぼんじょは、むらさき色の　ブカ　ブカの

服で　こどもたちのあとから、ヒョッコリ　ヒョッコリ。

　ひとりのこが、きゅうに立ち止まり、ふり向いて、

「おばちゃん、あのね　でっかいゆめはね」

と、いった。

　もう、ひとりも、

「きまったんだよな」

と、いった。

「ちょ　ちょ　ちょっとまった。ここではまずい。あとで　あとで」

　ぼんじょは、おちつかない。けれども、となりの町が見えてきた時には、きゅうに　ウキ　ウキ　ルン　ルン。

　しかし、今　けしょうもしていないのが気になってきた。

　それに、めっきりふえた　顔や手のシワ。

　そこで、こどもたちに　いった。

「あのね。おばちゃまね。この顔とブカブカの服が気になるの。ちょっと、変身したいんだけれど、まっていてくれるかな？」

「うん。いいよ」

「あの、おもちゃ屋にいるよ」

「そうかい　そうかい。ほんとうに　いいこたちじゃ」

　ぼんじょは、いそいで　木のかげにかくれて、つばきの花のゆびわに　たのんでみることにした。

（つばきの花のゆびわさま。むりなお願いとはぞんじますが、たまのお出かけなのでちょっぴり　ステキになれたら　うれしいんですがね。どうか　どうか……）

　さあーて、あたりが　きゅうに　よい香りにつつまれてきたぞ。

　とたんに、ぼんじょの足もとに。

　帽子
　うすいむらさき色の絹のコート
　ワニのハンドバッグ
　トカゲのブーツ

帽子には、カラスが止まっている。

おしゃれ用品が　ズラリ！

（うひゃー！）

　ここまでは　たのまなかった。これは、つばちゃんの力が応援してくれているのにちがいない。

　顔も、高級けしょう品で　パッパと仕上げたけれども、やっぱり　なんか　ヘンテコリン。

　帽子のカラスや、ハンドバッグのワニや、ブーツのトカゲは、まだ　頭やしっぽをつけたまま。おまけに、目玉まで動かしている。

（ま、いっか。たまのお出かけ　なんだから……）

「おばちゃん。変身できたあ？」

「できたあ？」

　こどもたちが、おもちゃ屋から戻ってきた。

「ほい・ほい」


ギャア！

　ふたたび、ふたりの男の子に　しりもちをつかせてしまった。

「お・おばちゃん、へ・変身しなかったほうが　よかったよ」

「そ・そうだよ。気持ちがわるいよ」

「そうかい・そうかい。でも　これからは、こういうのが流行するかもね」

「しない。しない」

「するわけないよ」

　こどもたちは、しかたなく　ついてくる。

「ああ、くたびれたよお」

「もう、あるけないよお」

そこで、ぼんじょは、つばちゃんの応援を信じて、こどもたちのために　車をよぶことにした。

ぼんじょが、つばきの花のゆびわに　心から願ったのは、むらさき色のスーパーカー。

ブァーン

ブァーン

はたして、スーパーカーは現れたのだ。

「キャー！」

「キャー！」

「うひゃー！」

もう、三人とも　おどろくより　大喜び。

ブァーン！

むらさき色のスーパーカーが、ものすごい音をたてて　三人を乗せて走り出した。

運転？　もっちろん　ぼんじょ。こう見えても「花の魔女学校」時代に、車の免許だって　バッチリ取っちゃいましたから。

ブァーン！

音がものすごい。しかし、さぞ　スピード

もと思えば　やっぱり　ヘンテコリン。

「おばちゃん、これじゃ　歩いたほうが早いよお」

「でも　おもしろい！」

「そうかい　そうかい。ちょっぴり　のろいけれど　がまんをしておくれ」

スーパーカーを、赤ちゃんを乗せたベビーカーや、こどもの自転車が追いこして行く。

のろい　のろいスーパーカーが、ようやくとなりの町に　とうちゃーく！

となりの町は、花咲村とちがって　お店がいっぱい並んでいる。

車をおりると、ふたりの男の子は　すばやくおもちゃ屋を発見。

「見たい、見たい」

「新しいテレビゲームが　ありそう」

「ほい　ほい。見ておいで」

ぼんじょは、この間に　つばきのゆびわにたのんで　スーパーカーを消すことに成功。

タイヤは、残っていましたがね。


ぼんじょは、まず　洋服屋さんを　のぞいてみた。

「まあ、きれいなボタン」

いきなり、店の中から　声がした。

ぼんじょは、ドキッ！

「へ・へ・へ。いや　それほどでも……」

（やっぱり、おしゃれをしたかいが　あったことよ）

と、にんまり。

ところが、店のお客は、ぼんじょを見て、「ギャー！」と　店から　とび出ていった。

そこに、ちょうど　男の子たちが　もどってきて、

「おばちゃん、あの人たち　洋服のボタンの話をしていたんだよ」

「ざんねんでした」

「ふん」

つぎは、お菓子屋さん。

ぼんじょは、店の前のはり紙を見たとたん

に　いかった。許せない。
「ちょいと、わたしの名前を　かってに使わんでおくれ」

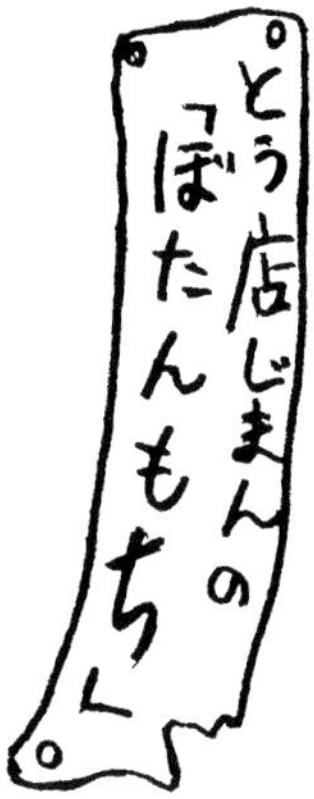

　店の人は、びっくりした顔をしたけれど、とてもおちついて、

「ま・ま・どうぞ。ひと口おめし上がりくださいませ」

と、味見用を　すすめてくれた。

「いただきー」

「いただきー」

　こどもたちは、よほどおなかがすいていて、
　　パク　パク　パク。

　もちろん、ぼんじょも　おなかペッコ　ペコ。なにしろ、二日も　食べていないのですから。


「そうですかいな」

　ぼんじょも　ひと口。

「む、うまい！」

　すると、帽子のカラスや　バッグのワニやブーツのトカゲまでが　グワ　グワさわいでほしがった。

「ほれ　ほれ」

　ぼんじょは、カラスたちにも　ちょっぴりなめさせてやった。

「む、うまかったから　ぼたまでは許すとして　んはいかん。せめて〝ぼたもち〟というところ」

　ぼんじょは、はり紙のんの字を　ゆびでこすって　消しちゃいましたよ。

つぎは、ゆびわ屋さん。

（ゆびわ。ひゃあ！　わすれていたあー）

つばちゃんを、さがしにきていたことをすっかり　わすれていた　ぼんじょ。

「さ、さ、早く　急ごう！」

　ぼんじょは、いきなり　こどもたちを　ひっぱって走った。

「ゆびわ屋どころじゃない。早く　ゆびわを自分のゆびに　もどさなくちゃ」

「えっ　ゆびわ？」

「おばちゃん、ちゃんと　ゆびわしているじゃん」

　こどもたちは、なんのことか　さっぱりわからない。

　そこで、ぼんじょは　きめました。なにもかも　こどもたちに　正直に話すことに。

「じつはな。友だちの所に行くのには、深いわけがあってのこと」

「わけ？」

「どんな　わけ？」

「ほれ、この　つばきの花のゆびわ。これは　自分のゆびわでは　ないのさ」

「だれの　ゆびわなの？」

「友だち。つまり　つばきの花を咲かせるお仕事をしている　お友だちの　ゆびわなのじゃ」

「ふうん」

「ふうん」

「おばちゃまのゆびわは、ぼたんの花のゆびわ。そのゆびわがなければ、あんたたちのでっかいゆめを　かなえてあげることが　できないのじゃあ……」

　ここで、こどもたちは　でっかいゆめを思い出した。

「きーめた、きーめた」

「でっかいゆめ　きーめた」

「ちょ　ちょっと　まった。だから　ぼたんの花のゆびわが、おばちゃまの　ゆびにもどるまで　ごめん」

　帽子のカラスや、バッグやブーツのワニやトカゲも　目玉を動かして　この話を聞いているようだ。

そこで、ぼんじょは　いってやった。

「ごらん。あの子たちを。友だちのゆびわだと　あんなヘンテコリンになっちまうのさ」

「おばちゃん　友だちの家知っているの？」

「早く、早く行こうよ」

こどもたちは、早く　でっかいゆめを聞いてもらいたいのだ。

「たしか、あの山の上」

ぼんじょは、なんどか　つばちゃんの住むつばき山に行ったことがある。

「それ、急げ」

「急げ」

山の上までは、道がくね　くねで　まだ時間がかかりそう。

「くたびれたあ……」

「もう、歩きたくないよお……」

こどもたちだけじゃない。ぼんじょも　すわりこんでしまった。

（つばきの花のゆびわにたのむっきゃない。

『あの　山の上まで　つれて行って』と）

と、その時だ。

「アホー　カ・カ・カ」

ぼうしのてっぺんで、カラスが　いい考えがあるという。

「ほい・ほい。ふん　なるほど」

ぼんじょは、いざとなれば　カラス語ぐらい　わかっちゃう。なぜって　魔女ですからね。

そして、カラスの案に　さんせいすることにした。

まず、こどものひとりが　ハンドバッグのワニのしっぽにぶらさがる。

もうひとりは、ブーツのトカゲのしっぽにぶらさがる。

そして、カラスが　ぼんじょがかぶっている帽子を口ばしでくわえて　空をとんでくれるというのだ。

あとは、カラスを信じるのみ。

「では、1・2の」

「アホー　カ・カ・カ」

カラスは、いきおいよく　空に舞い上がった。

ぼんじょは、かぶっている帽子を　しっかり　おさえている役。

ぼんじょが、帽子から　手をはなすと　全員が深い谷についらくだ。

こどもたちも、ワニや　トカゲのしっぽをもつ手に力を入れる。

ワニや　トカゲは、金色目玉をむき出してぼんじょに　しがみついている。

下は、深い深い谷。コボ　コボと　けむりも立っている。

「うわあ！　手が　ぬけちゃうよお〜」

「こわいよお！　おっこちちゃうよお〜」

こどもたちの手が、くたびれてきたようだ。それに、ワニとトカゲのしっぽが　こどもたちの重みで　ゴムひものように　のびてきた。

その時だ。

「アホー　カ・カ・カ」

カラスが　ようやく　山の上についたことを知らせた。


ついたというより、カラスが　くたびれて口を開けたので　みんなが　ころがり落ちたというところ。

しばらくの間、みんな　落ちたままで動けない。

ぼんじょだけが、あたりを見回し、

「あっ！　つばきの木！」

と、さけんだ。

その声で、みんな　気がついて　つばきの木をめざして走った。

「つばちゃーん！」

ぼんじょが　さけぶと　こどもたちもいっしょに、

「つばちゃーん！」

と、さけんだが、
返事が　ない。

「つばちゃーん」

やっぱり、返事が　ない。

「アホー　カ・カ・カ」

カラスが　なにかを見つけたらしい。それ

は　木の枝にあるという。カラスが　なにか
と　役に立ってくれる。
「ええっ！」
　木にさがっていた、つばきの花の形をした
手紙を見て、ぼんじょのしんぞうは　とび出
しそう。

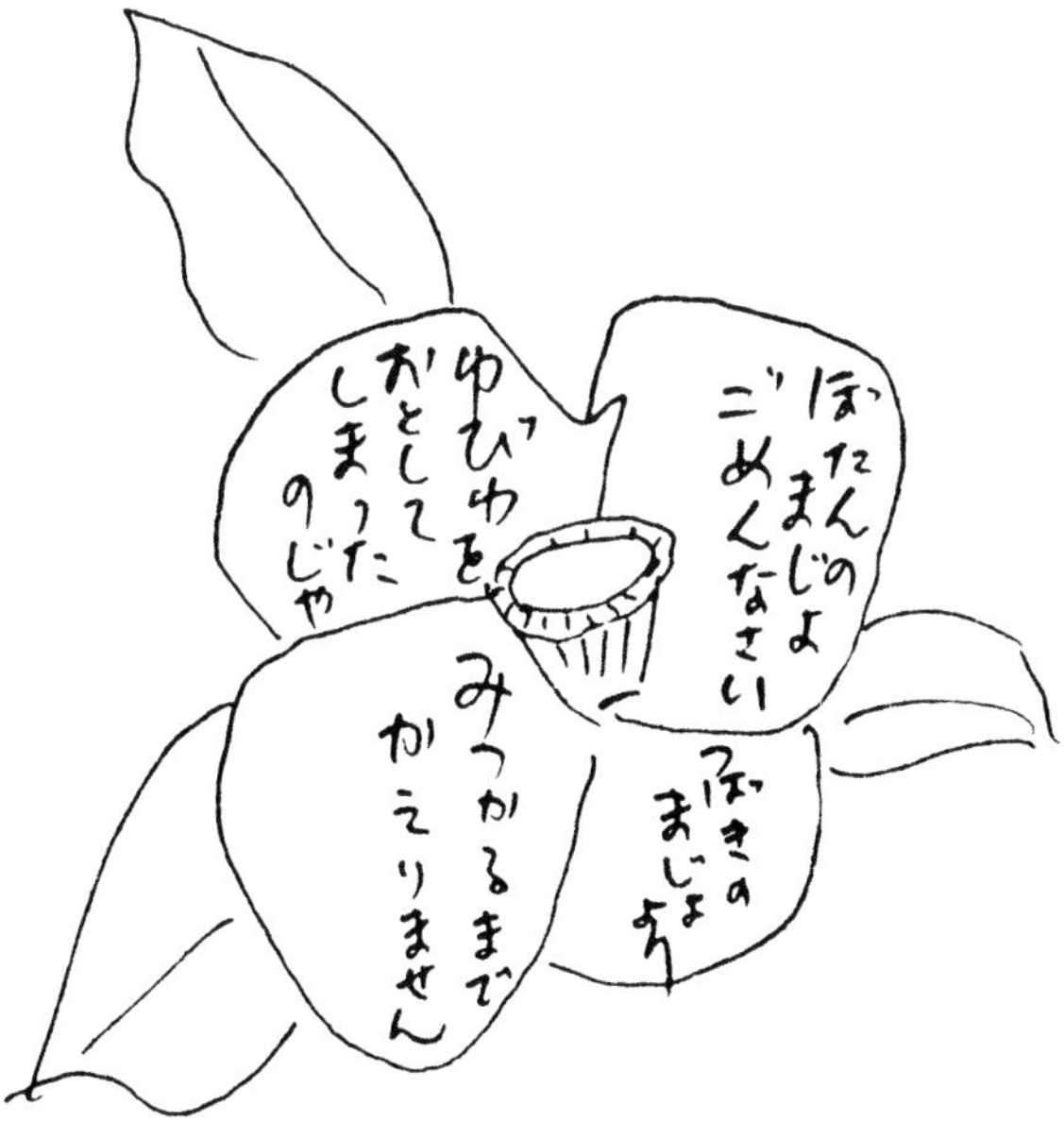
ぼたんのまじょ
ごめんなさい
ゆびわをおとしてしまったのじゃ
みつかるまでかえりません
つばきのまじょより

（しまったあー。つばちゃんが　落とし物の
有名人なのは　知っていたはずだった……）
　いくら一日だけでも、とりかえっこをしな
ければよかったのだ。
　こどもたちは、ガックリ　ションボリ。今
にも泣きだしそう。
「おばちゃん　帰りはどうするの？」
「手がいたくて、もう　ぶらさがれないよ」
見ると、カラスの羽根はボロボロ。ワニや
トカゲのしっぽは　のびきっている。
　つばちゃんは、どこにいるのか、いつ帰る
のか　あてもない。
（もし、このまま　ぼたんの花のゆびわがも
どらなかったら、こどもたちの　でっかいゆめ
を　永遠にかなえてやることができない……）
　ぼんじょが、ガックリとせなかを丸めて歩
きはじめると、こどもたちも　ガックリと首
をさげてついてくる。
「ああー、もう　歩けないよお～」
「こんな時、山のてっぺんから　ちょうとっ

きゅうの　すべり台があったらいいなあ」

それを聞いて、ぼんじょは　ひらめいた。

（よし！　なんとか　やってみるか）

こどもたちのために、つばきの花のゆびわに　心から願った。

するると、

「おっ！　きた　きた！」

青と白の線の入ったすべり台が、ぼんじょの足元からのびてきたのだ。

（つばちゃん、ありがとう。どこかで見守ってくれているんだね）

「わっ！　おばちゃん　すごーい！」

「ちょうとっきゅうすべり台だあ！」

「さ・さ・さ、ズズーと　すべって行こう」

カラスも、ワニも、トカゲも、とびのってちょうとっきゅうすべり台で、
ビューン！

ビューン！

さすが、ちょうとっきゅうすべり台。

あっというまに　山の下の町に、
とうちゃーく！

「すっごかったね！」

「もっと　すべりたーい！」

こどもたちは、大喜び。

（つばちゃん「ありがとう」。早く　ぼたんの花のゆびわを見つけてきておくれ――）

ぼんじょは、ふたりの男の子を見ながら、心の中で　滝の涙。

6　ゆびわ　あげます

「おばちゃん、これから　どうするの？」

「ゆびわが見つからないんだったら、町の交番に行って聞いてみたら？」

「そりゃ　そうだ」

ぼんじょは、こどもたちのことばに、いったん　気のぬけた返事をしたけれど、つぎのしゅんかん　自分でも　びっくりするほどさけんだ。

「そうだよ！　もっと　早く気がつけばよかっ

た。あんたたちは　えらい」

　ぼんじょが元気になったら　みんなが、明るい顔になった。

　元気になると、町の交番も　たやすく見つかった。

　ぼんじょが、交番にとびこんで、

「あのー、近ごろ　ゆびわの落としものがとどいていませんかね」

と　聞くと、おまわりさんは　ビクッとしてズ　ズーとあとずさりしてから、

「ゆ・ゆびわ？」

と、ぼんじょを　ジロリと見た。

「あのね、この　おばちゃんのゆびわ」

「だれか　ひろってとどけてくれなかった」

　ふたりのこどもが　おうえんしてくれたおかげで　おまわりさんも、すこしおちついて、

「あ・あ・そう。ゆびわね」

と、いいながら「おとしものノート」を　ピラ　ピラ　めくりはじめた。

「あ、あった。あった」


「ええー！」

　ぼんじょは、天にもとどきそうな気分。

「おばちゃん　よかったね！」

「でっかい　ゆめ！　でっかい　ゆめ！」

　こどもたちは　ジャーンプ！

「では、まず　住所は？」

と、おまわりさん。

「花咲村　ぼたん畑」

と、ぼんじょ。

「はあっ？　名前は？」

「ぼたん野　魔女子」

「はあっ？　年は？」

「知らない」

「はあっ？　職業は？」

「ぼたんの花を咲かせること」

「ほう、花屋さんかね？」

「ちがう。ぼたんの花を咲かせているのっ！」

　おまわりさんの、メモをとる手が　ふるえている。

「と、ところで、落としたゆびわは　どんな

ゆびわ？　かね？」

「ぼたんの花のゆびわ」

おまわりさんは、ふるえる手で　こんどは、「おとしもの箱」のふたを開けて、ガサ　ガサさがしたあと、

「あいにく、今とどいているゆびわは、パール。つまり　しんじゅ　だけ」

と、すこし　ほっとしたような顔つきだ。

「え・えー！」

せっかく、輝いていたみんなの顔が、たちまち　しゅん。

「どーも……」

しょんぼりと、交番を出ようとした時、

「ちょ　ちょっと、待った」

おまわりさんが　ひきとめた。

「これは、見たわけではないのだが……」

「えっ！　はあっ？」

ぼんじょは、ふり返った。

「すこし先に、ゆびわ屋がある。そこに、とても　めずらしいゆびわがあると、きのうから　町の人たちの間で、うわさになっているそうだ」

ぼんじょの体を、ピピピピと　良い予感が走った。

「それー。いそげー」

おまわりさんの話を　最後まで聞いたかどうかわからない。

その、ゆびわ屋は、つばき山に行く前に入ろうとした店だ。

まず、ぼんじょが　店の中にとびこんだ。


「あったあ！」


つづいて、こどもたちも　とびこんできた。

「あれ、あれを　見せておくれ」

店長と書いた名札をつけた男の人が、出てきて、

「あれは、お高いものでして」

と、ぼんじょを　かるくあしらってから、横を向いて　めがねを動かすふりをした。

「高い？　いくらかね？」

「おねだんを、つけられないほど　お高いものでございます」

「だから、いくらかね？」

　ぼんじょは、時に　しつっこい。今こそこの性格の発き時だ。

「いくらかと、聞いているのじゃ」

「えーと。えーとですね。１００万円というところでございまして」

「よし、買いましょ。１００万でも　１０００万でも。１億でも。お金を山の高さまで積んでみせましょ」

　本気で話を聞いていなかった店長は、こんどは　目をあけるだけあけて、

「さ、さ、どうぞ」

と、いすをすすめた。

「ところで、お金は今お持ちで？」

「あるとも、あるとも。いくらでもあるとも。あの、ぼたんの花のゆびわが　わたしのゆびにもどりさえすればね」

「いや、先にお金を見せていただかなければゆびわは　お渡しできません」

「だから、すぐに　お金を出してみせるといっているじゃろが」

　店長は、他の店員さんのほうを見ながら首をかしげた。

　せっかく、ぼたんの花のゆびわが目の前にあるというのに　ぼんじょは、自分のゆびわをとりもどせない。

　店長とのやりとりを見ていた　こどもたちも心配して、

「おばちゃん、今しているゆびわに　たのんでみたら」

と、こっそりと　いってくれた。

　ぼんじょだって、それは考えてみたこと。だけど、ここで　メチャクチャになったら、ぼたんの花のゆびわさえ　あぶなくなって、とりかえしがつかなくなる。

「でも、やってみるか」

　ぼんじょは、いっしゅん　その気になった。

「いや、やっぱしやめとこ」

ちゃんと、お金が出てきてくれればいいけれど　もし、バッグや　ブーツのワニやトカゲみたいに　目玉のついたお金なんかが出てきて　店の中で大あばれでもしたら……。あぶない　あぶない。

そこで、こどもたちにも　そのことを話して、「心配してくれて　ありがとう。やっぱしつばちゃんをさがしだすっきゃないんだよ」

つばちゃんさえいれば、今　ぼんじょがしている　つばきのゆびわをつかって、思いのままになるのだ。

しょんぼりのぼんじょを見て、こどもたちが、「ぼくたちが、つばちゃんを　さがしに行ってくるよ」

「おばちゃんは、ここでまっていて」

と、いってくれた。

「ありがとう。ありがとう。そうだよね。みんなで行ってしまって、その間に　あのぼたんの花のゆびわが売れてしまったら　たいへんだからね」

そこで、ぼんじょは　店の入口で　ぼたんの花のゆびわを見張ることにした。

「じゃあ、おばちゃん　さがしてくるから」

「さがしてくるから」

勇んで出かける　こどもたちの　うしろ姿を見送るぼんじょの心の中は、滝の涙。

ところが、こどもたちが　すぐに　もどってきたのだ。

「おばちゃーん　つばちゃんて　どういう人なの？」

「そうだよね。ごめん　ごめん。だいじなことをいいわすれてしまった。まず、

1　赤いブカブカの服を着ている。

2　たぶん、赤いネッカチーフをかぶっている。

3　顔や声、体の大きさも　おばちゃまと　ほぼ同じぐらい。

4　めがねをかけている。

「うん。わかった」

「女の人だよね」

「ごめん　ごめん。それも　だいじなことだったよ」

　こどもたちは、あてがあるわけでもなし、さぞ、キョロ　キョロしていることだろう。

　ぼんじょは、つばちゃんが　すがたを消さずにいてくれることを祈っている。

　でも、きっと　消していない。いくら　つばちゃんでも、今は、なんのゆびわもしていないのだから　願いはかなわないだろう。

「おばちゃーん」

「おばちゃーん」

「あれれ、こどもたちだ」

　あんまり早かったので、びっくりしたけれど　赤い服の人をひっぱってきたので　もっと　びっくり。

「おばちゃーん、この人？」

「ちがう　ちがう。こんなに若くない」

　つれてこられた人は、

「ゆびわが、もらえるんですって？」

と、なぜか　かんちがいをしている。

　そこで、ぼんじょは　いってやりましたよ。

「少し、お待ちいただければね」

　すると、その人は待つという。

「おばちゃーん、この人？」

「ちがう　ちがう。こんなに年よりじゃない」

　つれてこられた人は、

「ふぅー　ふぅー　くたびれたぁー」

と、すわりこんでしまった。

　そこで、ぼんじょは　いってやりましたよ。

「そのうち、なにか　いいことがありますから」

　すると、その人は　つかれて　ねむってしまった。

「おばちゃーん、この人？」

「ちがう　ちがう。男の人じゃない」

「顔が、赤いペンキだらけで　女の人か？　男の人か？　わかんなかったよな」

と、こどもたち。

　つれてこられた人は、

「ペンキぬりをしていて、服や顔が　赤いペンキだらけになってしまったんですよ」

と、なにがなんだか　わからないようす。

そこで、ぼんじょは　いってやりましたよ。

「ちょうど　よかったじゃありませんか。ひと休みするのに」

ところが　たーいへーん！

むこうからも、こっちからも、赤い服を着た人たちが、ゾロ　ゾロ　ゾロ　ゾロ　こっちに　向かって歩いてくる。

そして、その人たちは、

「赤い服を着て行けば、ほんとうに　ゆびわがもらえるんですか？」

「どんな　ゆびわを　くれるのかしら？」

と、口ぐちに話している。

ぼんじょも、こどもたちも　ビックリ！

あっという間に、〝赤い服を着て行けば、ゆびわが　もらえる〟。こんな　うわさが、町じゅうに　広まったらしい。

だから、ゆびわ屋の前は、たちまち　赤い服を着た人だらけ。

ぼんじょは、もしかして　この赤い服の人たちの中に、つばちゃんがいるのではないかと　あわてて見回した。

ざんねん。つばちゃんは　見当たらない。

こどもたちは、

「山のほうに　もどっているかも知れない」

「もういちど　見てこよう」

と、かけだして行った。

ぼんじょは、赤い服だらけの人に囲まれてどうしていいかわからない。

「ま・ま　みなさん、もう少しお待ちくださ　れ」

と、いうばかり。

ゆびわ屋では、店長が　店から出たり入ったりして、首をかしげている。

その時だ！

「おばちゃーん！」

「おばちゃーん！」

と、遠くから　こどもたちの声。

「この人が、ぼくたちに『いっしょに　ゆびわをさがしてくれないか』と　いったんだ」

「どういう　ゆびわ？って聞いたら、『ぼたんの花のゆびわ』だって　いったんだ」

ふたりの男の子に　引っぱられて、赤い服だらけの中に　ころがりこんできたのは　赤い服のつばちゃん。

ぼんじょ〜！

赤い服の人たちは、

「ゆびわをもらいに来た人が　また　ひとりふえましたね」

「ちょっと　見かけない人ね」

なんて、のん気なことをいっている。

「つばちゃーん。ほら　ほら　あそこ！　あの　上のだんのガラスのケースの中に　ぼんじょの　ぼたんの花のゆびわが！」

「ぼんじょ、ごめん。わけは　あとで……」

さて、ぼんじょとつばちゃんは、今が　勝負の時だ。

「つばちゃん　ゆびわ・ゆびわ」

ぼんじょは、つばきの花のゆびわをはずして、つばちゃんのゆびに　おしこんだ。

さあーて、つばちゃんが　はればれとした顔になりましたよ。

「まかしといて！」

つばちゃんは、ツカ　ツカと店の中に入って行って、

「あの、ぼたんの花のゆびわをおくれ」

と、店長にいった。堂々とした声だ。

店長は、きょうは　かわったお客が多いという顔をして、

「あれは、お高いものでして」

と、ぼんじょにいったことと　同じことをいった。

「高い？　いくらかね？」

ここで、つばちゃんが　こっそり　つばき

の花のゆびわに　じゅもんをとなえたことなんて、店長が知るわけがない。

「はい。きょうは、特別にタダでさし上げまーす」

と、いって　ガラスのケースの中にかざってあった　ぼたんの花のゆびわを出して、つばちゃんの手に　わたしてくれた。

　そのあと、店長は、

「あれっ？」

という顔をしたけれど、もう　まにあいませんよ。

「ぼんじょー　ほんとうに　ごめん」

　つばちゃんが、ぼたんの花のゆびわを　ぼんじょのゆびに　おしこんだ。

　いよ　いよ　これで、とりかえっこをしていたゆびわが　おたがいのゆびに　もどったのだから、さあ！　ふたりの魔女の出番というところ。

「へ・へ・へ」

「ほ・ほ・ほ」

ふたりそろって　自分の花のゆびわにじゅもんをとなえたから　どうでしょう。

　店長の、ごあいさつです。

「さあ　さあ　みなさん。たいへんお待たせをいたしました。今から、特別大サービス。どれでも、お好きなゆびわを　いくつでもタダでさし上げまーす！」

と、店の前で大声をはり上げてもらった。

「わっ！　さすが店長！」

　店の前に集まっていた赤い服を着た人たちが、ドーッと　店の中にかけこんだ。

　店長は、さらに　つづける。

「ガーネット・アメジスト・ダイヤモンド・エメラルド・真珠・ルビー・サファイア・オパール・ブラックストーン・アクアマリン・ひすい・ムーンストーン・サードニクス・オリヴィーン・トルマリン・トパーズ・トルコ石・ブルージルコン・べっこう・カメオ・オニキス・とらめ・すいしょう・さんご・メノウ・アウイナイト　その他　いろ　いろ。さあ、

どれでも　タダ。いくつでも　タダ。さあ、どうぞ　どうぞ！」

「さすが　店長さん！」

「よくぞ　ゆびわの名前を　続けていえること！」

「すごい！」

「すごい！」

　このすきに、ふたりの男の子は　さらに町の中を　せんでんして回ってきたようだ。

　店の前は、赤い服の人だけではなく町じゅうの人たちが集まってきて行列ができた。

　行列は、山の方までつづいている。

「つばちゃん　どうする？」

「そうだね。ぼんじょ　どうしようか？」

　これだけの人では、いくら　ゆびわがあってもたりない。

　けれども、花の魔女がふたりそろっていて、

「もう　ありません」

なんて、魔女のプライドがゆるさない。

「さて、ボランティアといきましょうか」

「では、また、店長さんに　ひとこと　ごあいさつをお願いすることにしましょ」

なにしろ、ふたりの魔女のゆびには　今、しっかりと　自分のゆびわが　もどっているんですからね。

「へ・へ・へ」

「ほ・ほ・ほ」

ふたたび　店長さんが、

「さあ　さあ　みなさーん！」

と、大声をはり上げてくれた。

「ゆびわは、いくらでもありますので　ご安心を！」

（へ・へ・へ）

（ほ・ほ・ほ）

「さあ、どうぞ　どうぞ！」

と、店長さん。

さすが、花の魔女。店の中には　あとからあとから　ゆびわがふえて　だれもが　大喜び。

「うれしい！　誕生石がいい」


「娘の、20歳のお祝いに」

「結婚ゆびわを　買うところだったの」

なかには、両方の手の　全部のゆびに　はめたほか、足のゆびにも　えらんでいる人もいる。

町のなかの　せんでんからかえってきたふたりの男の子も、

「ぼくたちも　いいのかな？」

と、おみやげさがしをはじめた。

ぼんじょと　つばちゃんは、ゆびわをふやすのに　てんてこまいの　おおいそがし。

くたびれて　ねむってしまっていた　おばあさんが、目をさまして、

「どのゆびわがいいか　わからない」

と、いっている。

そこで、ぼんじょは　おばあさんに　えらんであげましたよ。

ちょう　特大のダイヤモンドのゆびわを。

おばあさんは、ゆびわを　ゆびにはめたものの、こんどは、

「ダイヤモンドのゆびわが　おもたくて　歩けない」

と、いう。

「だいじょうぶ。だいじょうぶ」

　ぼんじょが、ポンと肩をたたいてあげると、おばあさんは、腰をシャンとのばして　スキップで　かえって行きましたよ。

　しばらくして、店長が、

「ドロボー　ドロボー」

と、さけんでいるのでしょうが、

♪「ドドドド　ドドドド」

としか聞こえないので、町の人たちは、

「よっぽど、気分がいいんでしょうね」

「歌をうたっちゃって」

と、話している。

　ぼんじょは、ふたりの男の子に、

「あんたたち、大かつやくだったね」

と、ほめて　ほうびに　ゆびわがドッサリ入ったふくろをわたした。

「はい。母さんや　父さんや　村の人たちのおみやげに」

「ええっ！　すごーい！」

「ぼくたちも、おみやげを　さがそうとしていたところだったんだ」

「ありがとう」

「ありがとう」

「いいえ。『ありがとう』は　こちらこそ」

と、ぼんじょ。

「ほんとうに、いい子たちだこと」

と、つばちゃん。

　ここで、つばちゃんが　思い出した。

「ぼんじょ、ご・め・ん。ぼんじょのゆびわ　じつは……」

「ちょ、ちょっとまった。あとで　ゆっくり聞くことにして。ところでさ、ゆびわ屋の店長さんに　すっかり　めいわくをかけてしまったね」

「うん。そんなに悪い人でも　なさそうなのにね」

　ぼんじょと　つばちゃんは、気分は最高だ

けれども、なんか　へんな気持ち。

「ちょっと、やりすぎちゃったかな？」

「たしかに。フォローしなくちゃ　まずい」

と、いうことで、

「へ・へ・へ」

「ほ・ほ・ほ」

ほらね。店の中は、ちゃんと　もとのとおりになったと思う。

でも、もちろん　特別上のだんのガラスのケースに入れてかざってあった　ぼんじょのぼたんの花のゆびわは、からっぽですけれどもね。

そう、ぼたんの花のゆびわは　今　ぼんじょのゆびで　しっかり　輝いているのですから。

さて、ゆびわ屋の店内は、なに事もなかったように　すっかり元どおりになった。

けれども、ぼんじょと　つばちゃんは、もうひとつ、やっぱり　へんな気持ち。

つばちゃんが　いった。

「店長さんが、ぼたんの花のゆびわを見つけてくれたおかげなのに、ガラスのケースの中を　カラッポにして帰るわけには　いかないよね」

「たしかに！」

と　ぼんじょ。

そこで、つばちゃんは、自分のつばきの花のゆびわにたのんで、ぼんじょの　ぼたんの花と同じ形のゆびわを出して、そっと　ガラスのケースの中においた。魔法は使えないゆびわですけれどもね。

店を出る時、

「どうも、ありがとうございました」

と、ぼんじょ。

「どうも、失礼をいたしました」

と、つばちゃん。

こどもたちも、

「おじさん　バイ　バーイ」

「バイ　バーイ」

をしても、店長さんは　まだ　夢のつづきの顔のままで　店の前に立っている。

「よかった」

「そう、これで　よかった」

　ぼんじょと　つばちゃんは、ふうー。

　その時、つばちゃんが　きゅうに　いい出した。

「ぼんじょ、ほんとうに　ご・め・ん……。ぼたんの花のゆびわ　落としちゃいました」

「いいから。いいから。つばちゃんの　いつものわるい　くせ。もう、ゆびわのとりかえっこは　なしね」

「ぼんじょも、ぼたんの花のじゅもんの数字を　わすれるな」

　やっぱり、ふたりは　どこか　ちょっぴりおっちょこちょい。

「へ・へ・へ」

「ほ・ほ・ほ」

　ぼんじょと　つばちゃんが笑うと、

「へ・へ・へ・へ」

「ほ・ほ・ほ・ほ」

と、ふたりの男の子も　まねっこをして笑っている。

　つばき山のむこうが　夕やけだ。

　つばちゃんが、ぼんじょの帽子の上に止まっているカラスに　話しかけた。

「どお？　カラスさん　わたしといっしょにつばき山に行くかい？」

「アホー　カ・カ・カ」

　カラスは、喜んでついて行くという。

　そういえば、カラスは　ぼんじょに「カラスさん」なんて呼ばれたことがなかったのでよほどうれしかったようだ。

「カラスさん」。いっぺん　呼んでやらなくちゃ。では、改めていおう。

「カラスさん　すっかり　おせわになったね。ありがとう」

「アホー　カ・カ・カ」

　カラスさんは、喜んでくれた。

「じゃあ、ぼんじょ　元気でね。らい年も

いい仕事をしよう」

「うん。おたがいにね」

つばちゃんは、つばき雲を呼んで　ヒョイと　とびのり、カラスさんといっしょに　つばき山のほうに消えた。


「さて、ワニさんと　トカゲさん」

ぼんじょは、さんに力を入れてよんだ。

「いろ　いろ　おせわになったね。ありがとう。では、おにあいの所に　どうぞ！　それでは――」

ぼんじょは、ぼたん雲を呼んで、

「この、ワニさんと　トカゲさんを　ジャングルまで　よろしく」

と、たのんだ。

「おたっしゃでー」

と、ぼんじょ。

「ワニさん　バイ　バーイ」

「トカゲさん　バイ　バーイ」

と、こどもたち。

ぼたん雲にのった　ワニとトカゲは、目をシバ　シバ。顔はべそっかき。

7　でっかい　ゆめ

「おまたせ」

　ぼたん雲を見送り、ぼんじょも　もとのぼんじょのすがたに変身。

「おばちゃん、ぼくたちも　ぼたん雲にのって帰るの？」

　こどもたちの顔が　ちょっぴり　不安そう。

「ノー・ノー・ノー。車は消して、ちゃんとかくしておいてあるのさ」

　ブァーン　ブァーン　ブァーン
もう、スーパーカーのエンジンが　せかしている。

「おばちゃん、ぼたん雲より　こっちのほうで　よかったよ」

「うん。おもしろかったもんな」

「そうかい。そうかい。そりゃ　よかった」

　ブァーン　ブァーン　ブァーン
もう　のろくなんかない。


　ぼんじょのゆびに、ぼたんの花のゆびわがかがやいているのですから。

「ね、ね、ね、おばちゃん」

「ぼくたちの、でっかいゆめはね」

　ブァーン　ブァーン　ブァーン
「なに？　なに？　聞こえない……」

「あのね」

「あの……」

　ブァーン　ブァーン　ブァーン
「なに？　ぜん　ぜん　聞こえない……。ほうら、もう　花咲村が見えてきた。車をおりてから　ゆっくり聞こう」


　キューン・キュ・キキー！

　花咲村に、むらさき色のスーパーカーが止まった。

「こらっ！　こんな時間まで　どこに行っていたぁ！」

「みんな、さがしていたんだぞ！」

「だれだ？　この　へんてこりんの　バアさ

んは？」

　こどもたちのとうさん、かあさん　そして村の人たちが集まっていた。

　みんなの心配顔とは反対に、ふたりの男の子は　ニッコ　ニコ。

　ぼんじょは、まず　集まっていた人たちにていねいに　おじぎをした。

「ご心配をおかけして　ほんとうに　すみませんでした。この子たちに、となりの町までいっしょに行ってもらいました」

「となりの町まで！」

「となりの町に　なにしに行った？」

「じつは、わたしは、この村に毎年　ぼたんの花を咲かせている魔女でございます。しかし、今年は、花を散らす時期をわすれて、みなさんに　ご心配をおかけしてしまい　ほんとうに　すみませんでした」

「魔女？」

「どうも　へんだと思っていた」

「やい！　ばけもん。サッサと　この村から出て行け」

「気持ち悪いぼたんは、近々　切ってしまうことになっている」

　ふたたび、村の人たちが　さわぎはじめた。

　さて、ぼんじょは、こどもたちのためにもと、ここで　村の人たちに　ゆるしてもらえるように、ぼたんの花のゆびわに　すばやくねがった。

　いっしゅん、村の人たちが　口も体も動かなくなり、ただ　ぼんじょを　ながめている。

「ふん　ふん。まあ　まあ」

　そこに、あらわれたのは　村長さん。

「こどもたちが、ぶじに帰って　よかった。よかった」

　ぼんじょは、村長さんに　深く頭を下げた。

「村長さん、村のみなさん、ほんとうに　すみませんでした。花を散らす時期を忘れたり、こどもたちといっしょに出かけたりすることは、二度といたしません」

　この時、ふたりの男の子が　両手を広げて

ぼんじょの前に立った。
「おばちゃんは、悪い人じゃない！」
「ぼくたちが、おばちゃんの友だちがいる
つばき山に　いっしょに　行ってあげるって
いったんだ」
　そういって、ふたりの男の子は　ニコッと
わらって、
「おもしろかったよなぁ！」
「たのしかったよなぁ！」
と、ニッコ　ニコ。
「つばき山？」
「うん。おばちゃんの　だいじなゆびわを
友だちが　おとし
てしまったので
見つけるお手伝い
をしたんだよな」
「うん。ゆびわが
見つかったおかげ
で、ほら　こんな
にいっぱい　ゆび

わのおみやげをもらってきたよ」

　ぼんじょは、こどもたちの説明に　感心と
感動で、心の中は　滝の涙。

「そうなのです。この子たちのおかげです。

ほんとうに　いい子たちです」

「ほら、これは、おばちゃんから　花咲村の
みんなに　おみやげだって」

と、ゆびわが　ドッサリ入ったふくろを　村
長さんにわたした。

「ふん　ふん。ほう　ほう。これは　すごい！

なんと見事なゆびわ！」

「かあさんに　だって」

「とうさんに　だって」

「村の人たち　みんなにだって」

　こどもたちの目は、ダイヤモンドのように
キラ　キラ。

「これ、ぜーんぶ　ほんものだよ」

「うん。ほんもののゆびわ屋さんで　うって
いたゆびわだよな」

「ふん　ふん。せっかくのおみやげじゃ。み

んなで　好きなものを　いただくことにしようではありませんか！」

　村長さんは、そういって　ゆびわが入っていたふくろを　大きくひろげると、その上にゆびわを　ズラリとならべた。

　さて、ぼんじょは　ここでも　村の人たちが　ゆびわを　喜んでくれるよう　ぼたんの花のゆびわにねがうことを　わすれなかった。

「おう！」

「へえーっ！」

「すごーい！」

　村の人たちは、ぼんじょの願いどおりにゆびわに目を向けてくれた。

「キラ　キラ　光っていて、元気が出るね」

「畑仕事も、オシャレ心で……」

「疲れも、ふっとびそう」

と、あれ　これ　指にはめてみて　喜んでくれた。笑ってくれた。

　つづいて、こどもたちが、

「それからねー」

「ぼくたちにねー」

と、大きな声をはり上げて、

「でっかい　ゆめを！」

「かなえてくれるんだって！」

と　いってから、ぼんじょを見て、ニコッと笑った。

　ぼんじょも、ニコッと笑って、

「ほい。そうなんです。この子たちは、わたしが咲かせた　ぼたんの花を　しっかり見てくれたり、ゆびわさがしのお手つだいまでしてくれました。ほんとうに　いい子たちです。それで、でっかい　ゆめのおやくそくをしていました」

　ぼんじょも、こどもたちに　まけないくらい大きな声で、村の人たちにいった。

「さあ、きみたちの　でっかい　ゆめは　なにかな？」

「それは
それは　**海！**」

と、ふたりで　声をそろえていった。

「おお、そうじゃねえ。この村には　海がない。まかしといてぇー」

　ぼんじょは、自信たっぷりに　ポンと胸をたたいてみせた。

「海？」

「海？」

「海？」

　村長さんをはじめ、村の人たちが　ポカンと口をあけた。

「へぇ！」

「海だと！」

「夢みたいだねぇ」

　村長さんも、

「ふん　ふん。海とはいいねぇ。ええと、花の魔女さんとやら、海とは　最高ですぞ。しかし、ぼたんの花とちがって、海は一年中たのみますよ。なにしろ、今じゃ　季節に関係なしに　海で遊ぶのがはやっているとか」

と　いってくれた。

「ありがたい　おことば。がんばらせていただきます。この村に　海を呼んでくることをおやくそくいたします」

　さすが　村長さん。ぼんじょは、ますます村長さんのファンになっちゃった。

　村の人たちも、

「海か、そりゃ　いいね」

「魚がとれるよ」

「こんぶや　わかめもね」

と、反対では　なさそうだ。

　ぼんじょが　さらに、村の人たちが海をよろこんでくれるよう　ぼたんの花のゆびわにたのんだおかげだ。

「それでは　みなさん、こんやは　これで……。明日を　おたのしみに」

　そのとき、

「ねぇ、おばちゃん……」

「あのさぁ……」

と、こどもたちの　ちょっぴり不安そうな顔が　ふり返った。

「ほい、どうした？」

「あのさぁ、ほんとうに　明日、海で遊べるの？」

「ぼくたちの　ゆめ　でっかすぎちゃったかなぁ」

　やっぱり、信じられないようす。

「なんの　なんの。〝ゆめは　でっかくもつもの。そして、かなえるもの〟。だいじょうぶ！　おばちゃま　あんたたちのために　がんばるから」

「よかったぁ！　おばちゃんなら　きっとできるよね」

「できるよね」

「ありがとう。たのしみにしていておくれ」

　こどもたちに、はげまされ　ぼんじょの心の中は、滝の涙。

　ああ、もつべきは、こどもの友だち。

　村の人たちも、ゆびわをながめながら、

「やあ、ゆびわが　月の光にてらされて　キラ　キラだあ！」

「明日は、ゆびわをして　元気に畑仕事といくか！」

「海、楽しみですねぇ！」

と、帰っていった。

（よかった。よかった。ぼたんの花のゆびわさま。ほんとうに　ありがとうございました）

　ぼんじょの体の中を、こどもたちと、村の人たちのお役に立てる喜びが　ピピピピと走っていく。

8　花咲村に海？　白い砂浜

「朝だよおおおー」

（わかった　わかったよ。あいかわらず　おせっかいなニワトリだ）

　ぼんじょは、きのう　となり町を歩きまわって　くたびれている。

　けれども、さあ！　いよ　いよ、こどもたちとの　でっかいゆめの　やくそくだ。

　さて、太陽は、いつもの朝より　輝いているぞ。

ぼんじょは、身も心も　はれ　ばれ。そして、自信もたっぷりだ。

しかし、ちょっぴり　不安がないわけでもない。今年は、ぼたんの花をちらすのを　しくじっているからだ。

でも、きちんと反省し、きちんとあやまっている。

それに、なによりも　ぼんじょは、ほんとうに　村の人たちや　こどもたちの　お役に立ちたいと心から願っているのだから。

それにしても、こどもたちは　海とは大きく出たもんだ。

しかし、それも　ぼんじょがいったこと。

〃ゆめは　でっかくもつもの。そして、かなえるもの〃

を、良くおぼえていたのだ。

（さて、それでは……と。ぼたんの花のゆびわは、きっと　かなえてくれるにちがいない。じゅもんの数字も　バッチリだ）

（どうか、ぼたんの花のゆびわさま。こどもたちの　でっかい　ゆめ。海を……）

ぼんじょは、7つの数字のじゅもんをしっかりとなえながら　全力で願った。


おう！　きた！　きた！

ほら、見えるでしょう。

村のはずれにあった小さな川が、ダダー　ダダーと広がって花咲村に海がやってきたのが――。

あたりは、白い砂浜に！

「わぁーい！」

「海だあ！」

「はじめて見たよ！」

もう、こどもたちは、砂浜を走り回っている。

「さあ、みんな　思いっきり遊ぶがいい！」

波が、こどもたちの足をくすぐっている。

ぼんじょは、その波のそばに、水着までおいてやりましたよ。

おひさま色の水着
夕やけ色の水着
月色の水着
四季それぞれの山の色の水着
空色の水着
湖色の水着
にじ色の水着
雨色の水着　など　など。

おまけは、ぼたんの花がらの水着まで。

どの水着も　ふんわりとした　着ごこちのいいものばかり。

「おばちゃん、ありがとう！」

「ほんとうに、でっかい　ゆめをかなえてくれたね！」

つばき山に、いっしょに行ってくれた　ふたりの男の子が　大きな声でいった。

その声につづいて、

「ありがとう」

「ありがとう」

「ありがとう」

あとから　あとから　こどもたちの「ありがとう」の声がつづく。

さらに、そのあとから　村長さんを先とうに、村の人たちが　おおぜいやってきた。

「へぇーっ！」

「ほんとうに　海だ！」

「まったく　夢みたいだ！」

村長さんも、

「ふん　ふん。さすが、花の魔女さん。せっかくの海だ。だいじに使わせてもらいます。ありがとう」

「いえ　いえ。ちっちゃな海ですがね。こどもたちの安全のために　浅くしておきましたので」

「ありがとう」

「ありがとう」

「ありがとう」

　村の人たちも、いってくれた。

「いいえ、いいえ、どういたしまして。こちらこそ『ありがとう』。こどもたちが　ちょうど　夏休みで　よかった。よかった」

　ぼんじょは、こどもたちや　村の人たちが喜んでくれた感動で　心の中は　滝の涙。

9　村長さんに手紙

　そこで、ぼんじょは、村長さんをはじめ村の人たちにあてて　手紙を書くことにしたのであります。

　手紙？　はい、こんなぐあいです。

> 　村長さんをはじめ　村のみなさん。
> 　花咲村は、ほんとうに　いい村です。
> 　私（ぼんじょ）は、花咲村で　ぼたんの花を咲かせるお仕事をさせていただいていることに、ほこりと　感謝の気持ちでいっぱいです。
> 　これからも、はりきって咲いちゃいますので、村起こしにご熱心な村長さん。なにか　お考えがありましたら、お手伝いをさせてください。
> 　村長さん・村の人たち・こどもたちのお役にたちたいと　心から願っています。

　さて、この手紙を　明日　村長さんの家のポストに　そっと　入れて。ホ・ホ・ホ。

ああ、ぼんじょは、なんだか　とても　ウキ　ウキしてきちゃいましたよ。

あとは、ぼんじょが　ぼたんの花のゆびわの　じゅもんの数字を　わすれないようにすればいいだけのこと。

え？　「わすれたら、また　つばちゃんに教えてもらえば」ですって？

いいえ、ぼんじょは　もう　決してわすれません。自分の力を信じて　強く生きていきます。

花咲村のみなさん

こん夜は　すずしくて　いい気分。
もし、そんな夜が　あったなら、
それは〝ぼたん雪　天然クーラー〟。
心ばかりの　夏のごあいさつとしてね。

ぼたん野　魔女子　より

「あっ！」

今、ぼんじょは、なぜか急に「花の魔女学校」の校長先生の　あのことばがまた、頭の中にうかんできた。

（これは、きっと校長先生が　いつも、私たち花の魔女たちを　見守ってくれているのにちがいない……）

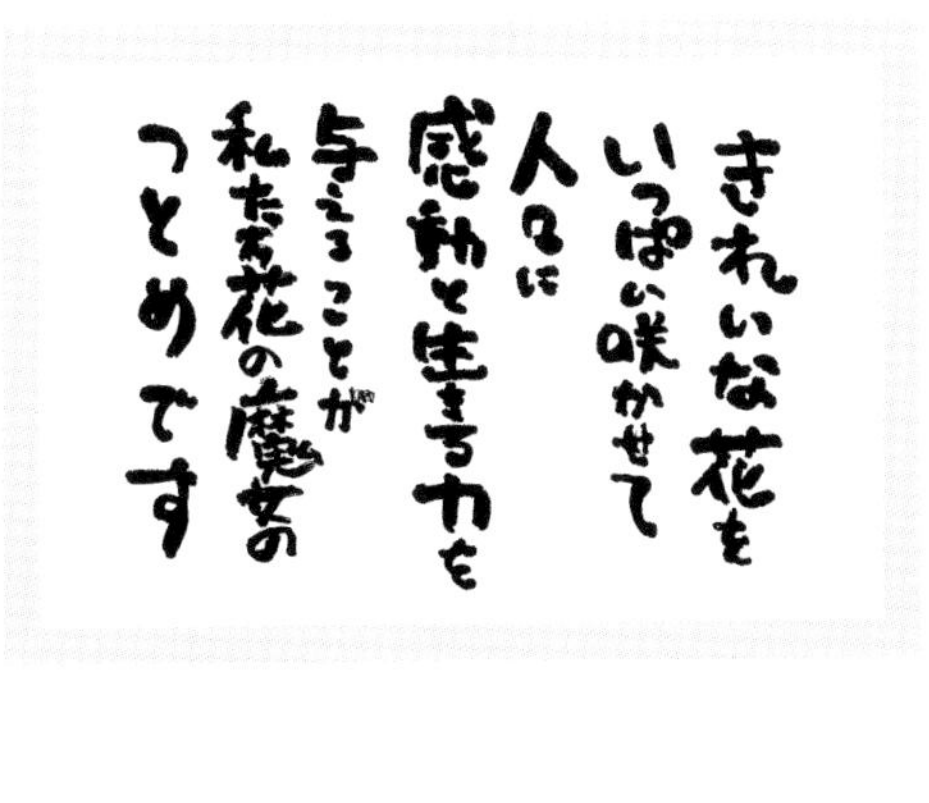
きれいな花を
いっぱい咲かせて
人々に
感動と生きる力を
与えることが
私たち花の魔女の
つとめです

「ありがとうございます！」

ぼたん野　魔女子

おわり

児童文学『同人誌』をふり返って

年	できごと
昭和35（1960）	学生時代にサークルで書き始める。同人誌『こうま』
昭和54（1979）	市内の童話愛好会で創刊～40号まで。同人誌『でんでんむし』
昭和58（1983）	児童文学作家・岩崎京子先生の推薦をいただき、日本児童文学者協会会員に。園内職員一同で創刊～20号まで。同人誌『ポケット』
平成5（1993）	同人誌『さん』の会に入会。9号～現在、36号発行中。
平成21（2009）	市内文化団体。同人誌『幸手文芸』～10号まで。

※現在までの掲載作品数、約１３０編

あとがきⅠ

このたび出版の『まじょの　ゆびわ』は、40年余り前に、上記の同人誌『でんでんむし』5号に載せたものです（後に、書き改めて、『さん』31号に掲載）。

当時、幼稚園の仕事が、週5日制になり、毎週土曜日は、都内の童話スクール・講座・講演会等に盛んに通っていました。

この話の元となったのは、幼少の頃の思い出からです。よく行っていたお家のお庭に、毎年春になると咲く赤紫色の大輪のぼたんの花を見て、「誰が、こんなにきれいな花を咲かせているの？」と、花の下にもぐって、根っこのあたりをさがした記憶からです。以来、ぼたんの花に限らず、どの花も、色や形が違い、（花って、どうしてこんなに美しいんだろう？）と、今でも不思議です。

すばらしい絵で飾ってくださった、画家の篠崎三朗先生、「ありがとうございました」。

▼平成24（2012）年7月17日付 埼玉新聞
（本作品とは直接関係ありません）

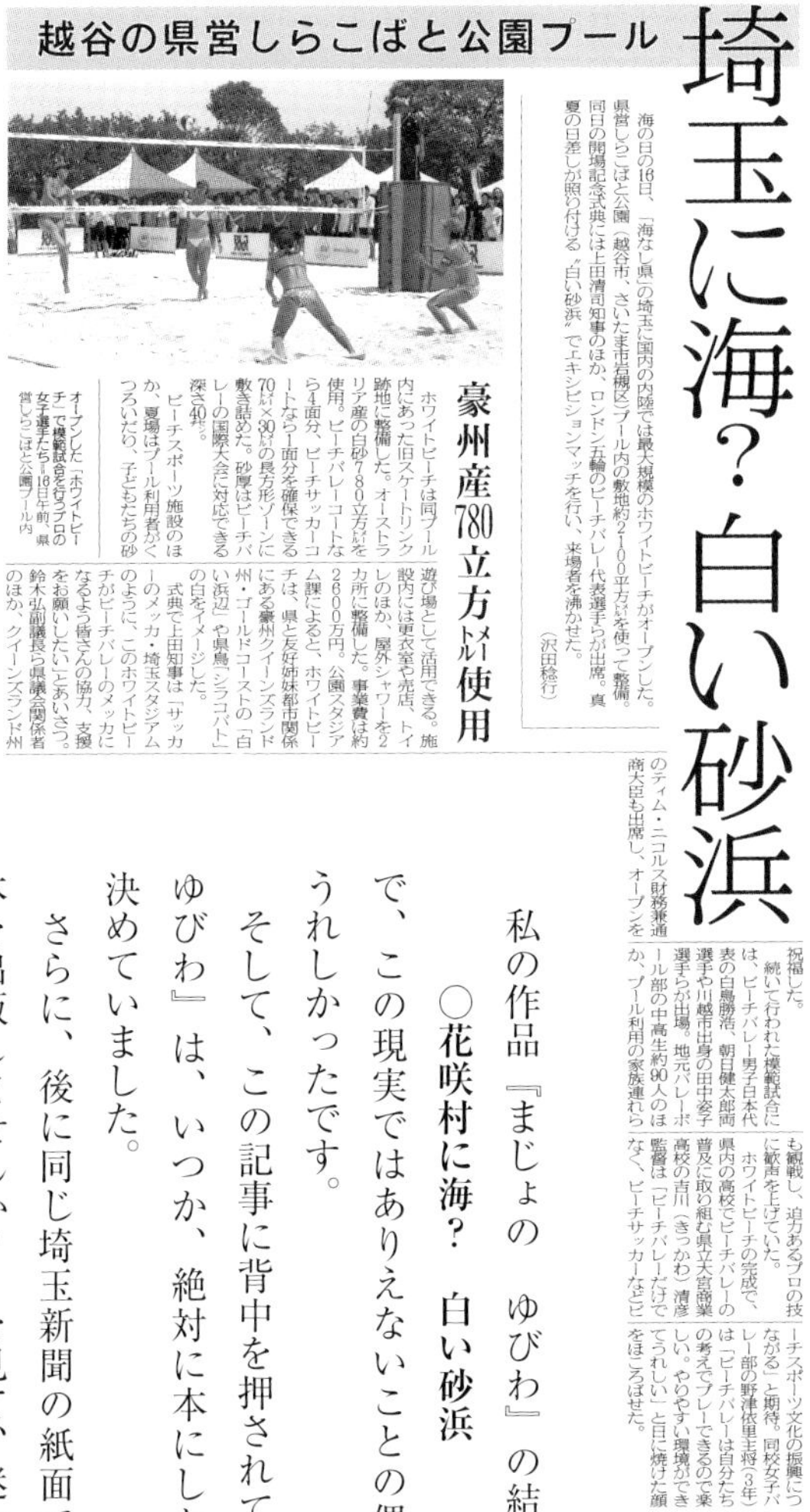
埼玉に海？白い砂浜
越谷の県営しらこばと公園プール

海の日の16日、「海なし県」の埼玉に国内の内陸では最大規模のホワイトビーチがオープンした。県営しらこばと公園（越谷市、さいたま市岩槻区）プール内の敷地約2100平方㍍を使って整備。同日の開場記念式典には上田清司知事のほか、ロンドン五輪のビーチバレー代表選手らが出席。真夏の日差しが照り付ける〝白い砂浜〟でエキシビションマッチを行い、来場者を沸かせた。（沢田稔行）

豪州産780立方㍍使用

ホワイトビーチは同プール内にあった旧スケートリンク跡地に整備した。オーストラリア産の白砂780立方㍍を使用。ビーチバレーコートなら4面分、ビーチサッカーコートなら1面分を確保できる70㍍×30㍍の長方形ゾーンに敷き詰めた。砂厚はビーチバレーの国際大会に対応できる深さ40㌢。

ビーチスポーツ施設のほか、夏場はプール利用者がくつろいだり、子どもたちの砂遊び場として活用できる。施設内には更衣室や売店、トイレのほか、屋外シャワーを2カ所に整備した。事業費は約2600万円。公園スタジアム課によると、ホワイトビーチは、県と友好姉妹都市関係にある豪州クイーンズランド州・ゴールドコーストの「白い浜辺」や県鳥「シラコバト」の白をイメージした。

式典で上田知事は「サッカーのメッカ・埼玉スタジアムのように、このホワイトビーチがビーチバレーのメッカになるよう皆さんの協力、支援をお願いしたい」とあいさつ。鈴木弘副議長ら県議会関係者のほか、クイーンズランド州のティム・ニコルス財務兼通商大臣も出席し、オープンを祝福した。

続いて行われた模範試合には、ビーチバレー男子日本代表の白鳥勝浩、朝日健太郎両選手や川越市出身の田中姿子選手らが出場。地元バレーボール部の中高生約90人のほか、プール利用の家族連れらも観戦し、迫力あるプロの技に歓声を上げていた。

ホワイトビーチの完成で、県内の高校でビーチバレーの普及に取り組む県立大宮商業高校の吉川（きっかわ）清彦監督は「ビーチバレーだけでなく、ビーチサッカーなどビーチスポーツ文化の振興につながる」と期待。同校女子バレー部の野津依里主将（3年）は「ビーチバレーは自分たちの考えでプレーできるので楽しい。やりやすい環境ができてうれしい」と日に焼けた顔をほころばせた。

オープンした「ホワイトビーチ」で模範試合を行うプロの女子選手たち＝16日午前、県営しらこばと公園プール内

あとがきⅡ

昭和57年に、同人誌に発表した『まじょの　ゆびわ』から、32年後の平成24年に、埼玉新聞の記事（右）を見て感動しました。

○埼玉に海？　白い砂浜

私の作品『まじょの　ゆびわ』の結末が、

○花咲村に海？　白い砂浜

で、この現実ではありえないことの偶然な共通点がうれしかったです。

そして、この記事に背中を押されて、『まじょの　ゆびわ』は、いつか、絶対に本にしたい！と、心で決めていました。

さらに、後に同じ埼玉新聞の紙面で〝埼玉新聞で、本を出版しませんか？〟を見て、迷わずお願いをしました。

おかげで、40年余りおねむりをしていた私の作品を、このように、見事に変身をさせていただきました。

このたび、担当をしてくださいました、埼玉新聞社の、高山展保様をはじめ出版担当のみなさま方に、心よりお礼申し上げます。

「ありがとうございました」

【著者略歴】

作・なかむら　ふう（本名・中村和枝）

1940年、埼玉県生まれ。学校法人東萌学園「幸手ひがし幼稚園」園長。

貸し出し文庫「絵本の家」を主宰。園の実践記録「小さな詩人」で保育賞受賞。童話『おかあちゃんの仕事病』で第9回ほのぼの童話大賞受賞。絵本に『みかづきのさんぽ』(チャイルド本社)『あそびにきたの　だあーれ？』(ストーク) 日本図書館協会選定図書、『ダイジャが　なんじゃ！』(日本文学館)『♪コロコロ　キャスターおばあちゃんの…　きいろいおうち』『あしたも　あーそぼっ！』『ラーメンかあさん』(てらいんく) ほか。日本児童文学者協会会員、「さんの会」同人。

絵・しのざき　みつお（篠崎三朗）

1937年、福島県生まれ。桑沢デザイン研究所卒業。

東京イラストレーターズ・ソサエティ、日本児童出版美術家連盟会員。現代童画会ニコン賞、高橋五山賞絵画賞受賞。第58回児童文化功労賞。確かな画力、幅広い表現力で、子どもの本の世界で活躍を続けている。自作の絵本『おかあさん、ぼくできたよ』(至光社) と、挿絵を担当した『おじいさんのランプ』(小峰書店) が、ミュンヘン国際児童図書館にて国際的価値のある本に選ばれる。

主な作品に、『おおきいちいさい』(講談社)『あかいかさ』(至光社)『みかづきのさんぽ』(チャイルド本社)『♪コロコロ　キャスターおばあちゃんの…　きいろいおうち』『あしたも　あーそぼっ！』『ラーメンかあさん』(てらいんく) などがあるほか、教科書のアートディレクションも数多く手がける。

まじょのゆびわ

2023年10月26日　初版第１刷発行

著　　者　中村 和枝

発 行 者　関根 正昌

発 行 所　株式会社 埼玉新聞社
〒331-8686 さいたま市北区吉野町2-282-3
電話 048-795-9936（出版担当）

印刷・製本　株式会社 クリード

ISBN978-4-87889-547-0 C0093
（定価はカバーに表示）